二魚文化

是誰把部落切成兩半?

黃 岡

獻給 達耐和孩子

目　錄

第一輯

達　耐　的　眼　睛　像　星　星

第二輯

少 女 的 祭 祀

第三輯

山 海 經 緯

第四輯

流 亡 者

陳義芝（作家）

含融多元文化元素，以生命體驗表達對山海、族群、命運的探索，非常真切，非常深入，非常清晰。黃岡語言精煉，辯證心靈、文學、人類的價值，具有深義，又有詩意，是一位極具創造力的青年詩人。

陳育虹（作家）

詩，除了是語言實驗，更是生命經驗的展演。詩集，除了能度量詩人的文字水平，更能測出詩人情感，思維，視野的深淺高低。以田野調查的毅力，誠摯的情感投入，黃岡完成了這本主題明確，有時空觀，有在地性，架構清楚，內容寬廣的詩集。藉著抒情與敘事交錯，感性與知性兼融的書寫風格，黃岡讓文字的氣勢在樸實中自然呈顯，毫不靦腆。

這是一本完整而動人的詩集。

楊佳嫻（詩人）

時代荒涼如砂石場，仍有人默默執著於山海，一顆一顆擦亮蒙塵的星星。非原住民寫原住民，跨界線的追尋，通過詩，勇敢試探承擔的可能。

瓦歷斯・諾幹（作家）

只有把身體與心靈放心地交給部落、土地與山海，這樣的詩才開始有了躍動的靈魂，我所認識的有靈魂的詩與詩人，正是年輕的黃岡。

曾珍珍（國立東華大學英美語文學系教授）

在地認同透過關懷原住民部落文化復建與生態保育等各樣課題獲得實踐並形之於文字，這是涉及政治的書寫，黃岡選擇以一整本詩集的厚度進行探索，讓介入成為靈魂的舞蹈、以想像力作為前導的生命之旅。黃岡的詩向我們展現了臺灣新世代的介入美學－果敢與敏銳兼具。

潘小雪（國立東華大學藝術學院院長）

土地長出來的厚實心靈

部落贈與的視覺語彙

青年詩人正自信地向前移動

撒韵・武荖（撒奇萊雅族詩人、原運工作者）

不要輕易寫詩，更不要輕易讀詩。黃岡，詩的撿骨者，撿拾原住民族在這塊土地上破碎又迷離的情感，將之細察俯瞰，再融入自己的骨髓，既沈重又誠懇。從 20 出頭的生命歲月開始，像小溪流穿過石頭縫隙團團轉著，打開了心眼往向臺灣每個鄉村，同時也向宇宙學習。

劉孝宏（國小教師／國立東華大學族群關係與文化學系博士班中年級）

作為一個「熟漢」，她的話語已經不是原生的母語——華語，而是被此島嶼中千百年來眾多祖靈魂魄「挾持」下的窺探／虧嘆。詩集中，我看見牽手大跳舞大合唱的人們，以及混雜喧嘩中試圖交托一切的生命。

藍姆路・卡造（吉拉米代賣米工頭／國立臺灣大學地理環境資源學系博士班）

黃岡將她這些年致力於原住民事務上的思緒，藉由海、火以及泥土的意象描述，在絲絲的憂傷中，在情感文辭之間讀出原鄉認同與當代議題的張力。

一首詩背著山牽著海，在路上……

—— 致黃岡《是誰把部落切成兩半？》

董恕明（詩人、國立臺東大學 華語文學系副教授）

　　2014 年秋天，某日，「山海」的阿妙打來一通電話，提到黃岡的詩作，她說很喜歡她的作品，除了文字好，還有一種創作者的承擔。阿妙作為一個長期以來在「底層」默默守護、協助與觀察臺灣當代原住民作家書寫的資深編輯，看到黃岡的詩，或許不僅有文學愛好者的「惜才」之心，還有她自身不知不覺成了「熟漢」的濡沫之情？阿妙和黃岡都是「漢人」，若是在學界討論關於原住民的「身分認同」時，她們通常會直接放在「他者」之列，無論她們是多麼的「熟悉」與「關懷」原住民。

幾天後，收到黃岡的詩稿，彷彿看到秋陽下翻飛的芒草，說有多輕盈，便有多厚重。輕的是字句中的慧黠與靈動，重的是詩人的心，不論是在山海平原田野……間的縱橫開闊，或就是在一個孩子的雙眼裏……。不如讀讀〈噶瑪蘭〉一詩的片段：

　　噶瑪蘭的夢是一朵雲從家的方向飄來

　　在沃野平疇上灑些午後的雨

　　讓稻穗在鄉愁裏長大

　　從殼裏蛻落的就是一顆顆

　　握在手心的幸福

　　好夢酣暢四十年，噶瑪蘭的靈夢中

　　一艘戎克船在驚懼的迷霧裏成形

　　船夫丟下死屍惡靈籠罩大地

　　棄了稻熟正黃，後路就是太平洋

　　族人無路可退

黃岡詩作的主要素材即是在寫原住民，特別是那

些從歷史中「再度浮出地表」的民族，如噶瑪蘭族和撒奇萊雅族。她善用詩歌的形式在史料、文獻、田野及仍在呼吸和奮力生活的族人身上，捕捉歷史的光影變幻。她的目光是如此的專注，下筆猶如下箸，細心溫柔的把傷痛夾起來，詩人的悲憫便如星光閃爍。她寫磅礴的史詩，她更寫尋常生活，如〈是誰把部落切成兩半？〉：

　　Ina 常常在這邊呼喊我的名字

　　叫我去那邊的雜貨店跟 Pilaw 買一包檳榔

　　一條沒有禮貌的山路開過我家大門

　　它跟我一樣有座號

　　它是 11 號我是 9 號

　　去年，Kacaw 的狗來找我玩時

　　被撞死在路上

　　Ina 說：

　　「只是小狗沒關係，還好不是人。」

　　……

Ina 說以前才沒有這條馬路

整個部落都是連在一起　可以跑來跑去

我們的路走在沙灘上

阿公沿著沙灘到水璉去傳教

海浪會記得他的腳印　不會把他淹沒

現在山路載來了好多都市的人

也載走我們的檳榔、吻仔魚

海灘就漸漸消失

浮了好多肉粽上來

……

路的另一邊有貨店和教堂

很多老人到現在還以為是從前

過馬路就像在散步

車子就會搖下車窗來罵人

說我們馬拉桑了啦

……

生活裏的「荒謬」達到一種狀態（境界）時，在地人便會創發屬於自己的「幽默」？黃岡在此用孩子的神態與口吻，描述這「一條沒有禮貌的山路」在部落中的無理與失禮，但它卻又是這麼「理直氣壯」存在著。它的出現，不只改變了族人生活的動線，同時是「冒犯」族人原本「有禮」且「有序」的生活現場。這一件在部落中的「小事」，當然遠遠不及近日在池上鄉野間的那一棵「金城武樹」？為了此樹在颱風天的傾頹，不僅有日本天皇樹醫的關照，某集團為避免觀光客湧入，造成當地居民的困擾，還特別贊助了「環鄉公車」疏運，反觀這「一條沒有禮貌的山路」和「切成兩半的部落」，在整體感官上，應該更加能夠「啟發」我們的「存在」？想想，當族人們在「**馬路沒有很寬只是車很快／所以我們都要排隊見上帝**」時，不恰是活生生體現了「主的榮光」——謙遜、容忍、不怨懟？

　　在黃岡的詩中，事不分大小，人不分老少，物不分美醜……，她的筆和心，確是非常專一的透過世事萬像，在逼問這世界的是非、公理與正義。她在自己的後序中引謝默斯‧希尼（Seamus Heaney）說：「詩

人要對世界作出回答、對世界作出反應，這會使他成
為一個負責任的詩人」。她顯然不是說說而已，她正
走在這條路上⋯⋯。

一路相伴的好友

阿道・巴辣夫・冉而山（臺灣行為藝術家、冉而山劇場團長）

　　得知冉而山劇場獲選愛丁堡藝穗節臺灣季的五個團隊之一後，趕緊問撒韵：

　　「妳的英文會話可以嗎？想請妳當公關行政。」撒韵說道：「不行啦，我英文不好……對啦，可以請芝雲啊，她曾在英國工作一年，也曾輔修過英美文學，她可以。」我問：「就是曾得過林榮三文學獎新詩首獎的那位？」

　　「是的，她英文很棒！」

　　「太棒了，她會答應嗎？」

　　「她說沒問題，她就在我旁邊。」

　　就這樣「行政家庭」的四位成員開始在余安邦老師住所討論募款事宜，老師頻敬茶、偶頻勸酒……最

後決議由芝雲寫文案、如芳剪輯影片、阿寶與駐倫敦黎小姐保持聯繫、娃娃提供「妙策」等等。

　　有天，為了商議 2014 年 11 月的 Pulima 藝術節演出《永恆的妮雅廬》劇情、劇綱而約在湖畔小餐廳，曾珍珍教授從遠方走來，芝雲送上募款 DM，她走後又折返，捐上數千元，並稱讚說文案寫得相當好，祝福完了就離去，大家相視訝異地微笑。

　　「行走」是我們排練的方式，曾自天祥邊歌邊健行至西寶共八公里，且在偶陣雨之下；甚佩服柱著拐杖的 Moli 歌手完成全程。也懷念在水璉呼庭的海邊，面向大海邊歌邊舞兩小時之多，為的是準備迎接愛丁堡踩街的體力。行前一個禮拜，在臺北某劇院彩排時，余老師捧著裱框好的，芝雲得了楊牧文學獎首獎自由時報「文化藝術」版面報導，大家甚感與有榮焉，並大喝啤酒以示恭賀。

　　芝雲很感性，更是知性，看似小小女生，走起路來有「風」，一如其「詩風」；穿上白色西裝，更似「英俊小生」，如她祖父梅道傑先生「勿忘影中人」的照片，對祖父想念之情，盡在＜泥土＞一詩中。

在愛丁堡某學府的宿舍出發踩街，名為「團團轉」的團長領唱、眾答唱引來不少路人的好奇拍照，而「親友團」勤發 DM；在 Royal Mile 廣場轉圈圈跳舞、唱祭歌跳舞「款宴」觀眾，芝雲總會介紹展演內容、來自臺灣的種種意象……並在場中央向我們敬「紅標純米酒」；酒後行於 Assembly 廣場巷道上載歌載舞發 DM，最後才至 Summerhall 附近公園行「篝火禮」儀式，以求靜心。

芝雲行事務實、快捷；為人爽快，常抿着微笑，蜜蜜的；經常熬夜翻譯劇評家的文章，如詩的譯筆；和藝評家進行如詩的對談，對我們來說「如獲至寶」。

芝雲化歷史為平易近人的敘事詩；短詩又如劇本的「獨白」；芝雲比父母的心懷還父母親；比原住民更原住民。

比土著還土著。

有某一晚，育世劇評家、伊誕和其女友在場，我脫口問大家：「滾泥巴像不像土石流？」才頓覺失言，因大社部落和阿媽樂的新好茶部落深受其害甚深，才

印證了芝雲的詩句「你捧著的泥土╱就是你剝落的皮膚」。

　　芝雲，恭喜你出書了，我們以你為榮；有你的相伴──冉而山劇場的得力助手，再加上有緣的臺灣熱情贊助者與眾多公部門的補助，我們才得以成行，順利完成愛丁堡藝穗節的表演。最後，我們還是稱呼你為黃岡好啦，這是你自許的；請再接再厲，以不負你自小的志向──作家。

　　才寫完，已是九一一了（9 月 11 日夜 11 點 45 分），以此為誌，為紀念。

　　於太巴塱部落。

達耐的眼睛像星星

　　2012 年除夕夜，我在高雄祖父家圍爐，接到達耐
於秀姑巒溪失蹤的消息。「大概又是貪玩吧！」啃着
雞腿的我心想，就像以往滿山跑的部落小孩最後終會
在晚餐時間餓着肚皮出現。但是，一天、兩天過去了，
達耐都沒有回來，海巡大隊出動最精銳的救難大隊、
直升機、快艇搜尋。當天跟達耐一起玩的同學早已嚇
成木雞，大人問話都交待不出達耐的下落，說是達耐
回去山裏了，又說達耐可能還在海上。不管他看到了
什麼，我想一定是很驚駭的畫面，連大人都承受不住。
遭遇劇變時，人的腦袋總會自動性選擇遺忘。

　　過年這幾天，陰雨連綿，就算是最小的雨，下在
急短流促的秀姑巒一樣會變成洪泥滾滾。達耐到底
去哪兒了呢？早已信奉天主教的部落，此刻回歸根

深蒂固的傳統信仰，請來 cikawasay（祭師）坐鎮。cikawasay 說，達耐沒有走得很遠，還在附近。一句話，讓整個部落的膠筏、漁船燒著燃料繼續尋找。

第三天，幾乎是等待著一具希望漂上海平面。

第七天，興許是件衣服、一隻鞋襪也好。

走在海邊，岸上有紅色帳篷海巡隊供應礦泉水和雜糧，有的家長焦急討論著，有的喝著保力達和米酒談天，旁有達耐的同學追逐嬉鬧，偶或朝海上大喊幾聲達耐的名字，像是捉迷藏暫時找不到夥伴而已。從大聖宮走下海邊的路上遠遠看，彷彿錯置在辦大會活動的現場。走下海灘與他們同在，好像真的，焦急也無濟於事。此刻，感受自己正進入不斷置換的蒙太奇片段中，心情不知道怎麼排遣。一個漢人面對原住民樂天式的憂傷，竟顯得無所適從了（那些喝著保力達打屁的 kaka，有些是一整晚在海上輪班搜尋的哪！）。

直到二周後達耐告別式的當天，我才驚覺：達耐真的走了！他的消失彷彿是個隱喻，在課堂上、生活中都一再地預示過。他是獵人之子，夢想和志願就是成為頂尖的獵人。我不知道，現代資本主義的社會

架構中，有哪一層能容納「獵人」這個身分。在過去，這可是維繫部落精神、社會地位的榮耀頭銜呢。在當代，也許只有神話能容納這一個瑰麗的想望。

　　達耐曾問過我一個世界上最難、也最簡單的問題：「老師，學英文要幹嘛？打獵又不用英文」。這個問題簡單在於我們知道世界經融體系、文化霸權、資本主義的一切遊戲規則，所以學英文有益於社會競爭；難在於，當「他者」開始自我表述，揭露固有價值體系崩壞時，問題就變得很複雜了。但是有誰說，成為獵人勢必就會變成社會的他者邊緣呢？心境上有一種調適、從社會框架中滑移開來的準備，就會是自己世界的中心。不過在現行制度、法律規則中，這會起絕對的衝突。光是有形的原基法、國家公園法、森林法、水土保持法等的修法都遙遙無期，加上「打獵會破壞山林水源生態」這類無形刻板印象的烙印，讓這種純粹喜好祖先生活方式的選項，都變成是欲加之罪。因此，不僅「學英文是增加社會競爭力」的關卡，學習數學、國語則更比族語、校本課重要的多。我的回答在達耐小小年紀早有了答案的心中，當然是不及格的。

　　於是我認為，面對達耐的提問，就像伊底帕斯面

對人面獅身像的那種掙扎 —— 答對了謎題我就能好好要求他背單字；答錯了，死亡的不會是我，而是他和他沒落的文化體系。

達耐自小便懂得宰殺飛鼠和山羌，懂得部落階級禮數和規距，熱愛自己的文化，是老一輩阿美族人心中標準的女婿，小小年紀就具備頭目接班人的潛質。

但達耐總是不交功課，不過他聰明絕頂，別人用七分力，他用三分一樣考到 90 分。我總懷疑，是否他小小的年紀早已懂得用不合作運動來抵抗體制，因為事實上，連訓導主任也拿他無可奈何。他熱愛山林，每逢假日必定跟著父親出門打獵、出海捕魚。阿美族男人的事業，他做得比同年級的男孩們還要好，甚至比遠離部落的阿美族青年都還要稱職。在學校裏他灰頭土臉，但是在他的文化體系中，他是明日之星，我直覺感到，將來若有一天阿美族文化式微之時，達耐會是揭竿而起的民族領袖，掌整個民族的舵轉回尋根的方向。

近幾十年來，臺灣原鄉部落一個個地消失，有些甚至來不及紀錄、從不被記得就已然被遺忘。觀光資

本、政府挹注不斷注入部落，改變了固有價值體系，文化流失、人口老化、祭典觀光化一再發生。這碩果僅存的文明已禁不起同化、全球化的侵蝕了。雖然政策高舉多元文化主義，但實際上文化侵蝕、不平等對立的遺毒一直殘留到今天。部落中有各種問題要面對：教育資源不均、隔代教養、開發案所帶來的環境污染、居住權、道路建設等問題無一不指向部落。

我問過很多人，臺灣島上究竟有多少個族群居住？除了基本的閩、客、漢之族群外，對於原住民族群的認知還是回答：九族。我們對這塊島嶼上居民的認識，竟只停留在國立編譯館時代。教改的目的之一，就是教育我們的下一代更具有發揮潛質的能力，以及更寬闊的胸襟，面對不同的人群和學科。但改來改去，我們連臺灣島上休戚與共的族群都不認識了，何談成為一個胸襟廣闊的人、尊重不同族群、不同專業知識的人？如果這樣的人將來成為國家的棟樑、政策的擬定者，我們能冀望他對於不同文化、族群的尊重嗎？如果能的話，美麗灣當初就不會被核發建照、核廢料至今就不會存在於蘭嶼、而母語教學也不會到現在還在爭取列入正規教育體制。在我完稿的 2014 年，臺灣

已新增了 Kanakanavu、Hla'alua 第十五、十六族。

我們必須承認，身為一個海島國家，我們不認識海洋；身為一個 70% 山地面積的國家，我們也不認識山林；身在多族群語系的南島接壤第一站，我們還擠身在東亞邊陲掙扎。文化、藝術在島上從來沒有經濟、建設來得重要。地方和中央，總是不同調。身為一個中、英文學教育背景出身的知識分子，我掌握了社會菁英的語言，體驗過這項特權賦予我極佳的生存優勢，我又有什麼資格在這裏大談環境、文化的掙扎？但是，正是花蓮這塊溫床孕育了我的多重價值觀點，與不同人的相交，適足以讓我在歲月悠悠之中，無意間做了許多田野。我用中文發聲，也傳遞英語知識教育，這幾年的工作讓我更從「反面」著力，搶救原住民瀕臨滅絕的族語、式微的文化教育和殘破的山河面容。這些小人物在我的心裏很大，崩壞的山林是他們祖先的路，在路上他們實踐著祖先的精神遺訓。被土石流淹沒的部落，也依舊從斷垣殘壁中繼續生出新苗。

達耐曾在我的社會課上，義正嚴辭地訓斥另一位阿美族同學，說他想當漢人想瘋了。那位同學更反駁他：「當原住民有什麼好，漢人皮膚白白的，可以做

的工作又多」（他真的是這麼說的）。其他同學則默默不語。當天我只好大談族群尊重、愛自己的母體文化等等，徹底放棄段考前的複習進度。說真的，達耐那時也有不對，他有嚴重的「大阿美主義」，也曾批評過其他族群。我曾不時糾正過他，但也體會到畢竟孩子還處在人生初期的鏡像階段，透過瞭解、比較他人來確認自己的主體性。

　　達耐成長的年代，正好是新一波原運時代。部落開始醒覺、透過爭取政治權力、社會運動反擊種種不公義的建設開發，並重新建立民族價值。小小年紀的他看過部落青年如何用肉身抵擋怪手開挖風景區（傳統領域）、見過水圳裏的水如何重新流入水稻田也流入老一輩的心田、身體實踐過打獵文化在部落體系中的精神象徵，於是他挺出小小的胸膛捍衛主體文化是相當早熟、也可理解的。當達耐殞落、無疑地在我心中投下震撼彈──雖然他的死不是社會體制的壓迫直接造成。但對我而言、對當代社會而言則是個隱喻。他的風采就像任何神話的結局一樣：諸神殞落、科技文明凌駕其上。他曾經以不交功課作為交換打獵夜晚的小小抵抗，就像是當代原運青年捍衛文化價值一樣。

他的聰明讓他知道以分數換得師長們的讚賞不是沒有可能讓他的人生更順遂，但他卻選擇讓他的聰慧施展在製作陷阱與快速解剖一隻飛鼠身上。

在他的死中，我看見某些小小的、發亮的東西殞落，或許是他個人的小小價值，也許是某個民族的大大精神。

我在結束代理教師職務之後，依然流連於山海附近，也曾數度走回達耐眼中的風景裏。我試著用孩子的高度來看世界，那些開發案變得不可理喻，那些消波塊、堆滿海岸的水泥護欄變得好像童年既有的風景圖像——於是我不禁想，再過幾個世代，當水泥海岸、公路護欄自然而然成為大地母親的一部份圖像，甚至，我們的孩子會以為消波塊、停車場就是天然海景的生成，而非原有的部落景觀、山海風貌時，那況味大概接近世界末日了吧！但我卻在變動的風景中發現了某些永恆不變的東西，比如說海礁上某種會發亮的貝類、山徑裏某種不起眼的野菜葉上發亮的露珠、或千年前一陣吹過這個山谷依然沁心的風。達耐的眼中，或許早就看到了這些發亮的小東西，所以他的眼睛、孩子的眼睛才會總是水水亮亮的吧！

阿美族文化裏認為，人死後成為我們的祖靈，祖靈的眼睛會化作夜晚天空中的星星，互古不離地照耀著我們。達耐的眼睛像星星，那些發亮的小東西並未殞落，只要我們還能看見星空的一天，我們的眼睛也會放光明。

　　這本集子分為四輯。第一輯「達耐的眼睛像星星」，化身以孩子的眼光高度看世界，娓娓道來他們心中那個美好卻帶有缺陷的世界，凝照山海，探討經濟發展與自然間的衝突與關係。務求清晰易懂，老嫗能解。我寫給孩子們看，也獻給部落。

　　第二輯「少女的祭祀」探討原住民族找回認同符號的過程。藉由服飾、祭儀文化的復振運動過程，勾勒臺灣近代原住民族找回族名，重建主體的族群史。

　　第三輯「山海經緯」。人類對待一座城市的方式僅是國家發展的表象。看待這個國家如何對待窮鄉僻壤、如何對待少數族群，更可看出國家文明的指標。以山海之眼，站在歷史進程的高處尋找臺灣經濟觀光與環保共存共榮的詩路。

第四輯「流亡者」書寫因為觀光、政治、歷史、經濟因素流浪於自己土地上的人事物。有的流浪是目的性的，有的是沒有選擇性的。有人流亡於認同，有人流亡於體制，有人流亡在不斷被開發的土地之上。

四輯一共 42 首詩。

以下，就讓我以詩代酒，敬你們 —— 人類美好的樸性。

—— 「2014 年 5 月 寫於花蓮工作室」

黑　潮

攝於 2013 年東海岸

第一輯　達耐的眼睛像星星

孤獨的父親一人走到水中央

兀自放下手中那只小船

竟比一隻山羌的死還要安靜

達耐的眼睛　像星星

—— 源起自一個幼小的靈魂，和人類失落的樸性

達耐乘著我們的黃色小船輕擺而去

晴午，海面上波光粼粼

好似你課堂發問的眼眸裏

有千萬支帆桅點點

輕輕滑出河口

划向既深且藍的海

當年你也是這樣滑出母親的航道——

那天陰雨微冷

夾岸榛莽蒼蒼　猿聲跳上跳下

走溪的男童探入母親的羊水

鵝卵石滾出鴻蒙聽雷

像風一樣拂過腳邊的清水啊！

裏有嚙咬心臟的魚蝦

一支牽在岸邊的竹筏悠悠　晃晃

邦查的勇氣在心底開滿了花

鬆開繩索　船篙一撐

輕舟便過秀姑巒山

出海口有叔舅把網撈魚苗

快意江河的達耐揮手

向家鄉的耆老道別

向長巷裏的秘密基地道別

向豢養的小兔子道別

（你們可以把牠放生）

在沙洲放下最後一個玩伴

（那些玩具你都可以拿去）

然後撐一柄篙向冷海中探尋

那些堅持不要背完的經書

還卷在學校抽屜裏

夏天汗水模糊了窗櫺禁足的視線

投向體育課那顆胡亂蹦跳的足球

偶爾讓意念徜徉山林　想想

那些陷阱裏的飛鼠野兔

回家的時間就會跑得快一些

子曰：學而時習之，不亦ㄌㄜˋ乎……

嗯，然後……訓導主任的眼神又從後面殺來

視線漸漸模糊　藍色充滿視網膜

山羌死前安詳的眼神浮上腦海

多想再喫一次那青綠色的膽汁

如果山那麼翠綠我卻不能奔跑

海那麼湛藍我卻不能跳水

這世界還有什麼好看？

部落全村出動　除夕夜海邊圍爐

那麼一大鍋煮沸的藍也

蒸發不掉眼角的鹹

（八二大隊請求支援：

救難小艇請往南邊搜救）

火炬　木杖　騷動山的癢處

直升機　快艇　搗亂海的平靜

問山問海可有看見達耐身影？

海平線靜默成一條線

（生機本屬於渾沌，莫須再問）

剩下女巫喃喃有辭

咒語繞著風中飄盪的制服飛揚

腳踏車空轉踏板

達耐始終沒有回來

有些人在夢裏遇到他

學校還是要繼續開張

功課依然要寫　月考也還是要考

回到教室

一張空掉的桌椅在那裏

靜靜等待著下課

直到天放晴了　我們才敢面對海洋

憂傷也許早在灰色夜雨中洗去

孩子的臉龐在岸邊擠成泥娃娃

把壓抑和思念折成紙船

跟著達耐一起駛出海外

孩子們再次滑出母親的航道

學會了死亡

當黃色小船溶入金色陽光

孩子們的叫喚零落

孤獨的父親一人走到水中央

兀自放下手中那只小船

竟比一隻山羌的死還要安靜

是誰把部落切成兩半？

海是那樣藍，山谷是那樣深，所以更會有遍地傷心。但你／妳必須要去逼視，唯有如此，才能從一個小孩長成為一個男／女人。獻給港口國小的孩子們。

ina 常常在這邊呼喊我的名字

叫我去那邊的雜貨店跟 Pilaw 買一包檳榔

一條沒有禮貌的山路開過我家大門

它跟我一樣有座號

它是 11 號　我是 9 號

去年，Kacaw 的狗來找我玩時

被撞死在路上

ina 說：

「只是小狗沒關係，還好不是人。」

從此以後，四鄰的路口多了一根

凹凹凸凸的鏡子——

對著 Pilaw 的檳榔攤照

我們以為是 Pilaw 愛照鏡子

還躲起來偷偷笑她　但其實

我們小孩子才會一直跑到鏡子前面

看我們的臉變形變大變得很好笑

ina 說以前才沒有這條馬路

整個部落都是連在一起　可以跑來跑去

我們的路走在沙灘上

阿公沿著沙灘到水璉去傳教

海浪會記得他的腳印　不會把他淹沒

現在山路載來了好多都市的人

也載走我們的檳榔、鮘仔魚

海灘就漸漸消失

浮了好多肉粽上來

我跟 Kacaw 都會爬在上面玩躲貓貓

還可以抓 kalang[1]

我們的路走進了山裏

沿著路穿過兩座山就會來到我家門口

路的另一邊有雜貨店和教堂

很多老人到現在還以為是從前

過馬路就像在散步

車子就會搖下車窗來罵人

說我們馬拉桑了啦

但是阿公才不會穿西裝把導係[2]

他是要去那……一邊的教堂

馬路沒有很寬只是車很快

所以我們都要排隊見上帝

▲ 1　阿美語「螃蟹」之意。2　padawsi，阿美族人在家庭、朋友團聚的場合，喝酒、唱歌、聊 天的行為。

太平洋的浪，打上了岸就要散去

太平洋的浪，打上了岸就要散去

不知道為什麼

那年夏天的浪特別高

阿公卻沒有上岸

手抄網還躺在沙裏喝海水

podaw[1] 通通游回秀姑巒裏去

全村的人拖著膠筏找阿公

我跟爸爸沿路撒網

船頭有檳榔和燃燒的香煙，爸爸說

像平常一樣拖著網子走

說不定可以把阿公帶回家

陳金茂最愛喝的保力達阿嬤擺在竹竿下

竹竿上 72 號球衣在風中啪噠啪飄⋯⋯

不知道興農牛晚上贏了沒？

紅紅的帳篷叫做海巡隊

直升機和快艇在海上飛來飛去

全村的人在海邊喊著：陳金茂！

cikawasay[2] 說阿公還在附近沒有游太遠

我就三天沒有去學校

三天之後，竹竿下的眼淚少了，飲料多了：

臺啤、米酒、保力達、國農牛奶和紹興

全是人家的乾杯，講到阿公又哭又笑

阿嬤慢慢回到海邊 micekiw[3]

餓了，就往海裏一撈

逐著海浪的腳印一進　一退

把大冰箱裏的食物放進小冰箱去

太平洋的浪打上了岸，人就要散去

小冰箱裏再也沒有阿公的 podaw

夜間的頭燈像不睡覺的瞌睡蟲

從山上湧到海邊

一艘穩穩的　　　　　　　　大漁船

　　　　　開到藍色公路上面

　　　　太平洋的藍色公路上面那

一艘大漁船的後面的網子裏面通通都是 podaw 的屍體龍蝦

　　　的屍體飛魚的屍體旗魚的屍體蘋果西打的屍體陳金茂

　　　的屍體富士相機的屍體作業本的屍體螃蟹的屍肉

　　　　林長順的尸死人本阿昌哥哥的尸死人本……

那艘船的頭燈最大

我很想問問他：有沒有看到我阿公？

▲1　阿美語「魚苗」之意。2　阿美語「祭師」之意。3　阿美族人採集海岸貝類、海菜的經濟行為。

▲後記　太平洋帶來的豐沛海洋資源，是靠海阿美族人賴以為生的禮物。族人敬海珍惜自然資源，故不過量捕撈，隻身走下出海口交會處以手抄網捕撈，每年總是會發生幾起捕魚苗而被大浪捲走的憾事。因此老人家時常告誡「浪若打上岸來，就要趕快散去」。手抄網所捕魚苗量甚少，嚐口嘗鮮而已，不若當今大型漁船雙拖網的商業捕撈型態，賺取海洋資源，日積月累造成海洋資源貧乏以及諸多生態問題，同樣地也破壞了沿岸原住民部落的經貿結構。

讀經大會考

多國語言翻譯機

在學校的時候我說老師好

回到家的時候我說 nga'ay ho[1]

美語課的時候跟同學說奈斯塗咪 U

明明都是外國字母

一個寫下阿美語

一個拼出美國語

不過兩種美語有時可以互通：

哈娜叫做 Coco，因為她的胸部很大[2]

但是 nga'ay ho 畢竟不等於奈斯塗咪 U

不過 bai[3] 也會說美語，我說 hello 她說 3Q

有時候雜貨店老闆會跟我講臺語：

「查某嬰仔，哩哎共臺語，阿捏假系正港臺灣郎！」

我說我是 Pangcah，也是 Taiwanese

他就搖搖頭沒有說話了

我不知道誰才算臺灣人

可能是雜貨店的老闆

或是馬英九總統吧！

美語課

bai 說，要好好學阿美利加的話才會出人頭地

她說人家有給我們麵粉和白麵

說他們的話將來就不會餓肚子

可是我不是阿美利加，我是阿美斯

差兩個字就會餓肚子喔？

我的美語講得很好

我們全校的美語都講得很好

我 bai 還有哈娜的 baki⁴美語都講得很好

我們講道地的阿 —— 美 —— 語

如果阿美語也可以寫在課本上

阿嬤也能跟我一起唸小學了

讀經大會考

媽媽說：清掃家裏，表示歡迎客人的意思

（黎明即起，灑掃庭除

miasikay to potal, o maolahay to labang）

校長也說：勤勞是飯，飯是勤勞

（一粥一飯，當思來處不易

lalok o hemay, hemay o lalok）

阿公又說：書要放在眼裏，鋤頭擺在腳邊

（學而時習之，不亦樂乎？

I mataen ko codad, I kokoen ko tatak）

因為你做過的事，全都記載在星星上

（為政以德，譬如北辰……

na ninaneboran a demak, roitan no bois）

不要怕窮，苦澀的野菜，因此邦查有血

（一簞食，一瓢飲……

alengelay a daten, sisa siremes ko pangcah）

要聽老婆的話、疼愛兒子

（聽婦言、乖骨肉……

sayway a tatihi sasitodongay）

開心時可以馬拉一下，因為人的青春如那瘋狗浪

（人生得意須盡歡，莫使金樽空對月……

nika lateloc no damdaw,mahaen o sabana no layen）

可是不要有一點錢就被酒溺死

（莫貪意外之財，莫飲過量之酒

aka kaelol no epah）

有三個睾丸、兩個頭腦才是真正的年齡階級

（夫子溫良恭儉讓以得之

tolo ko botol, tosa ko tangal, kiya solinayai a
misatataday）

人的欲望不要淹沒那奇拉雅善聖山

（勿營華屋，勿謀良田　o anob mielol to Cilangasan）

如果海灘上都是豪華飯店，大自然就不會教導我們

（君問窮通理，漁歌入浦深

liwliw no kaoripan mitarodoay to maoripay）

好啦！我學我學，可是這句話阿美語要怎麼講？

（小子！何莫學夫詩……？）

▲ 1　阿美語「你好」之意。2　英文名字 Coco 是阿美語的「胸部」
之意。3　阿美語指稱女性長輩，如「奶奶」、「阿嬤」之意。4　阿
美語指稱男性長輩，如「爺爺」、「阿公」之意。

▲後記　阿美族諺語引用自帝瓦伊・撒耘（李來旺）校長《阿美族群
諺語　第一冊》，臺北市：德英國際，2005 年。

爸爸爲什麼還不回家

霪雨霏霏，雷神之鎚打了一記悶嗝

春天就霸氣地乘著雷電降臨

不等春暖花開，一逕淋濕大地

濕潤了穿堂地板

滑倒了幾個小朋友

我拖著疲憊身軀走出校園

唯有大眼娜高還不回家

長髮黑眼骨碌碌的輪轉

不會盯在作業簿上，倒是

望穿了春雨、望進部落的盡頭

娜高、娜高你在等誰？

（爸爸的白色喜美怎麼還不駛來？）

據說是海岸公路開通的那一年

馬耀就去找工作，和平之城

總是坍方，每逢大雨，或者颱風

在黑色石灰岩後面，亮燦燦地

大理石堆和鈔票一樣高

可以建設水泥寶島，或者再建一座上海灘

立霧溪的背面，山沿著等高線

一圈一圈消失不見

妳說爸爸是超人，按按鍵

山就會左右移動，滾出白色大理石

或者轉轉搖桿，怪手、飛天輸送帶

就會嘎啦嘎啦響。爸爸不用工作

只要按按鈕、還可以喝咖啡

（爸爸真厲害、爸爸怎麼還沒有回家？）

娜高、娜高眼睛水汪汪

約好的星期五是快樂的星期五

有爸爸和阿姨會回家

阿姨像媽媽，頭戴羽毛大冠花

還有禮物、衣服、芭比娃娃

娜高想念爸爸、不想念媽媽

娜高、娜高你可知

按按鈕是作業程序

扭的是怪手、卡車的排檔

爸爸不用工作因為都是機器在做

然後喝咖啡其實是為了提神

今天接妳遲到是大夜班的緣故

滾出的大理石卻个曾建設你家矮鐵皮

2011 年撒奇萊雅族火神祭

高清義／攝

第二輯　少女的祭祀

禁忌焠鍊千年，成為一顆落松子

掉在腳邊二三階

奇萊平原編年史（16~19 世紀）

1542

這世界以渾沌起興

像首不成調的小曲兒

譜出些情緒

那時，在山之後

東方日初的平原

渾沌慰藉著 Saquiraya，一個

西班牙文寫就的部落

刺竹林一圈一圈

同年輪般轉動

1812—1850

三百年後
刺竹林籠上一層裊裊的中國山水
竹窩灣
是海獺用纖纖巧手
啣來枯枝樹葉編成的精緻小窩嗎？
裏面住著政府通緝的巾老耶
那時，時間已寫在曆算之上
化外之地，依舊在邏輯以外

遠方
一支噶瑪蘭遠徙而來
疲憊的群
正卸下行囊歇息
他們口袋中
有黃澄澄的種子
與巾老耶交換乾淨的鯉浪港

以其舊社加禮宛為名

那裏沒有人會隨意丟棄屍體

李享和莊找，張三和李四

流行用布疋炒地皮

岐萊平原便被割成緞緞

碎裂的布帛，以稻米珠粒

鑲成美麗的圖騰

生番和熟番，不過是土裏

滾動的蕃薯，用自己的身體

繳納番租

閩漢、彰泉在此無法械鬥

因為瘴癘是比暴力更暴力的東西

比如五十年後的吳全和阿鳳

就溺死在自己的屎糞裏

1874

歷史之內

潮流之外

內外交相迫

當牡丹社勇士割了日本人的喉嚨之後

化外之地，劃入版圖之內

戎克船送來許多辮子軍

裏裏外外

敲敲打打

鑿子和大理石激辯

通事和番社舌戰

陳輝煌那廝

饒是詭辯

按田勒畝、凌辱婦女

勾起了加禮宛社的創傷症候群

1878

巾老耶與加禮宛

鯉浪港與奇萊亞

原是牛角上的兩端

革命，是一盤那時

還未發明的賽局

是夜星空被火舌擄獲

板耶頭目疏散群眾

大肥宛汝狂奔須美基溪

被藏於流域裏矍鑠的刀片劃傷

血流成注

時間的洄瀾不斷在曩昔裏撞擊

海岸那頭的水

救不了平原這頭的火

竹窩灣的謎語終被

帶火的箭羽戳破

破竹而出的巾老耶

水獺般潛出四處逃散

當開山紀念碑負載

靈魂的重量壓塌下來時

歷史在開闊的北路中

遮遮掩掩，關門

廝殺。嗜殺的民族

也驚心於眼前一灘

茄苳樹流出的鮮血

Saquiraya，一個不曾記載

便已然被遺忘的民族

悄然無聲地從歷史的扉頁中

遁逃

加禮宛敗走海岸

七腳川、荳蘭、薄薄鼎立三分

以你為名的 quiray

奇萊人卻再也不回來

那時

平原尚是一片掬得出水來的沃野

▲後記　噶瑪蘭族世居蘭陽平原，1796年吳沙率彰、泉、粵等地移民來到蘭陽平原拓墾，噶瑪蘭族生存領域備受威脅。因其厭惡被屍體污染過的土地，認為該地將籠罩惡靈，極為不詳。其時爭地劇烈，漢人便時常利用丟屍體在噶瑪蘭人領域的手段，趕走噶瑪蘭人。因捍衛生存領域，1878年與撒奇萊雅族人聯合對抗清政府爆發加禮宛戰役，於清代文獻《吳光祿使閩奏稿選錄》（臺灣銀行發行，1966年）有詳實記載：「巾老耶社適與加禮宛勢成犄角，必先攻拔以孤其勢，我軍始無後顧之憂。……向巾老耶社分攻東南、東北兩面。該社悍番拚命拒戰；正相持間，加禮宛番目大肥宛汝率悍黨數百來援，為我後隊截擊，大肥宛汝中炮立斃。連斃悍黨十餘名，番始敗退。巾老耶外援既絕，勢漸不支其時。」

撒奇萊雅族清廷稱之為「巾老耶」，祖居地達固湖灣舊時稱「竹窩灣」，相當於現在的慈濟醫院後方。部落以層層刺竹林圍繞，清軍以火攻攻破部落。加禮宛事件是清廷開山撫番以來，首宗重大抵抗事件，因此處理起來無不帶有「殺雞儆猴」之意味。兩族戰敗後，撒奇萊雅族頭目被施以剮刑，頭目夫人則被夾擊於兩片茄苳樹板之間，任清兵踩踏其上而死。而噶瑪蘭族亦星散至海岸山脈各處。

撒奇萊雅

撒奇萊雅是一艘安達魯西亞號

沉沉地吃著水

自彼方夢境裏駛來

穩穩地從金沙裏駛來

岸邊多囉滿人篩著金子

留住了黃金卻漏了

水聲潺潺

撒奇萊雅是一瓶香水

它的香氣是琥珀色的

薄如蟬翼，彷彿不存在

餘香卻嬝嬝如女人的後頸

教人戀戀再三

撒奇萊雅是一首後山小夜曲

囚禁在亞熱帶氣旋中

從夢的邊境裏囁嚅而來

尚未成調便化為嘴角泡沫

遽爾消失在張口那一瞬間

撒奇萊雅的舌頭是一片

怎麼彈也彈不起來的

口簧，陰闃地在夜裏發燙

最終腫脹成一副

緘默的雙唇

撒奇萊雅的夢境有一片刺竹林悠悠

竦然自青年的胸膛中敞開

伸手將整個達固湖灣環抱

也把星星和月色一併攬了進去

撒奇萊雅的當代是一個紅泥小火爐

悶悶地在其中燒

燒著當代的鬱悶和愁煩

自己的歌在其中滾沸成一縷

輕煙，如怨如訴

撒奇萊雅的歷史教訓是一記悶棍

狠狠自清軍的辮子間排闥而下

風中的呼響

綻開一道道血痕

迴盪在心版上

撞擊成內傷

一艘安達魯西亞好古地

載來一個夢境，一本古籍

和一盤滿是歉意的金沙

一群人在岸邊招著手

柔柔地像水草在水底裏招搖 ——

和西班牙人和解

和清朝人和解

和歷史和解

gracias!

腫脹黏滯的舌頭

輕快地彈了開來

輪轉的腔調衝破

當代沉悶的濃霧

失傳的夜曲再度邈響

以你為名的奇萊平原

頸項上的幽香杳杳傳千里

禮礮迸裂響劃破天空

百年一應

▲後記　2010 年，一艘西班牙仿古戰船受邀來臺進行展示。行經宜蘭外海，一群撒奇萊雅族人從花蓮趕到宜蘭，租了一艘船至海上親眼目睹歷史風采。說來，撒奇萊雅族與西班牙淵源頗深，查現今記載撒奇萊雅族最古之文獻便是西班牙短暫統治臺灣時期的文獻，當時被記為 Saquiraya，為西班牙統治臺灣東北部時的區域。因有其記載，撒奇萊雅族在至今追溯歷史根源與從事復名運動時，得以從 17 世紀追溯起。

而荷、西海外大發現時期，更是撒奇萊雅族在清朝滅族的歷史真空中，唯一可上溯到的史籍記載。歷史的偶然一撇，讓百代之後的族人尋根之際，能有所依歸。而由於歷史上幾近滅族的狀態，使現今撒奇萊雅的文化復振工作大不易，可謂任重而道遠。

噶瑪蘭

噶瑪蘭是一輛搖搖晃晃的客運

夜夜穿行雪山隧道

載運前山到後山的夢境

一顆顆仰躺氣墊椅的頭顱

可曾夢到過沃野千里的蘭陽平原？

噶瑪蘭是一束稻穗

向陽、勤奮地往天空伸長

細腰裊裊在空中翻黃

以自己的身體換取文明

也順便在蚊蚋翻飛的死獸裏

掙扎交換自己的土地

噶瑪蘭是一瓶沈香的威士忌

前世的記憶與苦難釀成

琥珀色的芳醇

把小小的不甘、不小心噴濺在

業務經理的白襯衫上，關於某些仇恨

凝聚成褐黃的點漬。尚報以熱烈百果香

噶瑪蘭是一支流浪的歌

漢化哪！是何等容易

看那從善如流的西邊平埔

你卻偏偏倒行逆施，扭頭就攀上

澳花峭壁，走稜線如走索

卻在清水斷崖前停下了腳步

最後一次回望家的方向

酸楚在小腿上鼕鼕擊鼓

一個尖音拔高，淚

就落到了奇萊平原上

噶瑪蘭的夢是一朵雲從家的方向飄來

在沃野平疇上灑些午後的雨

讓稻穗在鄉愁裏長大

從殼裏蛻落的就是一顆顆

握在手心的幸福

好夢酣暢四十年，噶瑪蘭的噩夢中

一艘戎克船在驚懼的迷霧裏成形

船伕丟下死屍惡靈籠罩大地

棄了稻熟正黃，後路就是太平洋

族人無路可退

噶瑪蘭的當代是一場加禮宛學術研討會

教授搭著噶瑪蘭號途經噶瑪蘭

——檢視噩夢的路線、形狀與細節

在會場喝著噶瑪蘭威士忌談著噶瑪蘭

卻摸不清楚，新社到底在哪？

那是在後山之後的山後

海岸山脈與太平洋將陸地逼成侷促一隅

泥土雖鹽然汗水更鹹

山坡劈成梯田終究也是塊踏實的泥土

這裏望不到家鄉也望不著煩惱

只有劈面撲過來，那藍得發亮的

大海

噶瑪蘭是一個命定的移動

是一個品牌、一種精神

新社，卻像一個擦亮嶄新的名字

標誌苦旅的終點。迤邐的逃難路線

就抽成一條香蕉絲來紀念吧！

細細密密把記憶愁煩

織成一件熱帶蕉衣

頂著艷陽捕魚去

▲後記　噶瑪蘭族世居蘭陽平原。18 世紀之後，當大陸東南沿海耕地不足，越來越多移民渡海來臺，甚至越過雪山來宜蘭開墾時，噶瑪蘭族就面臨嚴重的居住問題。最大一波遷徙是在 1840 年，一支加禮宛社的噶瑪蘭人遷移到花蓮新城定居，且帶來了稻米耕種技術。原本預計展開的新生活維持不到 40 年，1878 年復因同樣的土地、漢人欺壓等問題，與清廷爆發加禮宛戰役。戰敗後，逃難到更遠的海岸山脈，在今新社（豐濱鄉）定居。因提到舊社加禮宛之名無限感傷，遂以「新社」為名，為現今噶瑪蘭族人群居最密集的地方。從蘭陽平原到奇萊平原到現在的新社，雖幾經遷移，然噶瑪蘭捍衛保守的文化終得以在群山環繞、海風吹拂之中，重新滋長。

火神祭 palamal

淨身

老人眼窩裏沉睡著一對哀傷的眼睛

那哀傷之後，是一片刺竹林

林中我倆慎重將頭飾戴上

繫上碎琉璃，腳踩青玉葉

也順便將一綹瀑布般的髮

束諸高閣

把祖先的血凝在身上

並掬一把藏青在裙端 [1]

調勻呼吸　和奇萊群山同步

一圈山頭的霧，百年不曾散去

女真

群山蒼茫的地圖上你用硃砂筆勾了勾

一條血痕便排闥清水大山

踏著泰雅人的頭顱前進

山羊奔走，飛鼠撩亂如星

北路誕生一如所有獵徑

只此不為狩獵，反身

扼住部落的喉頭

從來，天地悠悠無須招撫

生熟也不過是你們手中的一顆蕃薯

你們來自北方一個女真的國度

（據說也是少數民族？）

灌溉的泉水突然湧出一把匕首

悄然無聲

割斷勇士的喉嚨

鮮血因而濺濕地圖上

我靠得太近的眼鏡

前祭

殺戮叩響迷霧中的平原

以你為名的奇萊山也靜默了百年

沈默如一條白綾，悠悠悼念

我不再尋復古部落的入口

纏繞刺棘交掩漫佈，密密如織

彷彿我父輩的怨懟

白雲悠悠千載，青山依舊

香蕉葉上惟有一瓶米酒訴衷情

招靈

酒引路，生薑為鑰

薑葉一抹朝天

打開入天之門

鼓聲直落

祭典展開猶如一卷

歷史的卷軸

攤開便竄出火蛇

焚燒天上的星

鹽以祛邪

入天之門請諸神降臨

野火焚燒的古戰場

老人腳踩靈步，手懸陰陽線

繞指柔的溫柔裏

牽動整個地獄山水

風轉動陀螺 [2]

世界一片片剝落

訊息火裊然上昇告慰祖靈

巫者口含酒霧噴向大地

天空便下起了雨

一隻瘦鬼

撐著一把芋葉傘走來

祭神

祖靈和諸神啊，請走到我們中間

不要怕回到你野火焚身的古戰場

尋尋覓覓，群山奔走擊攘

找自己響得發亮的名字。祖先

輾轉飄搖於美崙山坳之間

是進？是退？山峰的浮雲始終靜默

你餐風飲露

撿拾中元燈火剩下的殘羹

香蕉葉上卻沒有你熟悉的米酒香

祖靈和諸神啊！

請重新回到刺竹林蔭之地

讓我們舉行火葬

蕉葉上有盛宴一席：

糯米、米酒、豬肉和檳榔

老人飲酒正酣

鼓聲急急直落

黑色奇萊風雨欲來

巫者步伐紊亂

頭飾搖搖欲墜

大軍將至，異類壓境

忽聞一縷

野薑花的香氣飄至

一記雷鳴，我驚心於

跳上蕉葉狼吞虎嚥的

不是我父兄

竟是我

病死的兒

▲ 1　撒奇萊雅族服主色有三：土金色象徵土地、凝血色象徵戰爭中
祖先所流之血、藏青色表示感恩阿美族在戰後包容之情；而腳套的褐、
綠交織則象徵當年逃難時雙腳所沾枯枝樹葉。2　陀螺和風車是撒奇萊
雅族祭祀的重要法器，象徵時間的遞嬗和移轉，能夠詔告上天，迎接
祖靈。

祭

撿一片葉緣完好的香蕉葉

抹乾雨珠、細心擦拭

擺上鹹漬的鹹豬肉

陳年米酒

和一顆蒼翠的檳榔

千言萬語

要說的話都在竹杯裏

一根煙的時間給你

抽完我就要走了

自己小心野狗

瘦鬼

打中元節走過

沒一盤殘羹冷炙是給你的

那河面上渡的也不是你的魂

（那廂胖鬼死了還這麼油膩膩）

我已忘記我的名字

我的家鄉、我的氏族

我乃清水山上一縷輕煙

蟄伏草間啃一些後腳跟

迷路的登山者

是我活著時候模樣

七月半

大暑之夜驟雨

我打著一把油紙傘走去收番租

林中閃出一鬼

眼睛一閉：又來！

手起刀落，傘倒盛雨

死了千千萬萬次

這一次還是找不到我的頭顱

博物館・夜祭

陰闇的博物館長巷是一首吟不完的古調
四壁悄然，妳自展示牆飄然以降
掂起足弓將大理岩踏成飛沙走石
逃難的腳鏈回響在偌大空調室中
叮噹……叮叮噹……

越過石器洪荒，躲過西班牙艦艇
閃過玉山黑熊和布農獵人的標鎗
叮噹……叮叮噹……

走進奇萊平原乍見清軍放火燒家

橘紅花朵在部落滿地開花

「那只是油墨，只是墨彩⋯⋯」

然油墨太濃，載不動歷史往前行

妳流下蠟樣的淚，竟凝固在臉上

每晚妳哭，祖靈就站在肩上要妳堅強

妳亂髮披散，腳踩天地

以酒引路，生薑為鑰

諸神復甦，風蕭蕭兮雷鳴鳴

妳的身體遂化作一只陶甕

酒在其中洸洸乎，容祖靈往復穿隙

欲望鎖在喉頭燒，所不能言明的盡表心跡

禁忌焠鍊千年，成為一顆落松子

掉在腳邊二三階

然而我會笑，頭髮還會持續長長

也才剛過了少女的年紀

我的肉身會形銷俱滅，然而物質永遠不滅

就讓永恆的留在這裏，夜夜祭我百鬼

肉身需出走，奇萊山的古戰場仍舊荒蕪

酣睡的警衛抽動了鼻翼，悠悠轉醒

瞅著我直說眼熟

（第八屆葉紅女性詩獎佳作）

▲後記　臺灣原住民第十三族撒奇萊雅族於 2007 年正名成功。該族
在 1878 年遭清軍攻打滅族，逃散至平原上阿美族群裏，自此隱姓埋名。
由於與阿美族共同生活已久，祭儀文化復振之路迢迢。近年來，一群
年輕的祝禱司役（padongiay，意指祭師身邊的助手）以繼承巫祭文化
為己任，努力學習歌謠及祭祀儀式，並在火神祭中奉祀 1878 年戰死的
祖先，因而使撒奇萊雅祭典文化透出了一線曙光。其中一位祝禱司的
相片收錄於民族誌中，典藏在博物館內。黑白照瞪視著觀者，彷若作
古先人。然其人卻是花樣年華的年紀，在故鄉平原真實地活著、創造
與實踐、延續歷史和文化。

圖書館‧出草

一縷幽魂自書頁間溢了出來

如絲　如縷　如輕煙　如霧靄

遊蕩在昏暗的廊道上

還以為走在日式石板路

層層書瓦堆砌成櫸木牌坊

路的終點是神社

倏地，燭火迸地燃起

那是沿著溪谷尋找少女莎韻的火光

自《餘生》一書散溢而出

路，因此有了光

借個火

點燃煙斗裏的餘韻

山裏微冷（剛熄了空調）

溪水鳴澗（冷氣機還輪轉隆隆）

一腳跨過濁水溪向獵場趨近

（館藏成長區，請勿進入）

隘勇線密佈圈起整座山林

（嘶……有電！）

陷阱裏的野豬

怕是早已成春泥

溪水澆不熄憤怒

凹陷的眼窩中發散出目光灼灼

遠方有日本行軍　いちにさんし

番刀　出鞘

鞘尾髮束飛揚　忽上忽下

幾顆人頭便落了地

遠方烽煙裊起，天空暗啞於

一輪冉冉上升的月圓

幾綹血汗交織的髮　遮住了視線

你便就著月光在水龍頭下清洗那頭顱

殷殷切切同他們說了些體己話

呀然一聲，左翻右翻

其中一顆竟是你好友森丑之助

那熟悉的容顏完好躺在手上

（或許他真希望以這種方式消失在世上）

把森丑投到背簍走向另一個

名為：「碩博士論文」的聚落

殺戮的氣味在空中蠢動　霧社 ——

霧裏櫻花點點潮紅如血

這片土地上到處可以撿拾你的名字

莫那、莫那　馬紅的呼喚聲聲入耳

閃過一個山頭。撞見鏡中一位

勇士斜披紅菱罩衫、腰跨彎刀

你拔出腰刀對視另一雙森冷的眼

鏗然一聲，刀落了地

那沒有紋面之人，竟然就是自己

還有什麼比這更可怕？

靈魂困鎖、撞擊在臺北帝大圖書館

每夜甦醒復又凋零

家，究竟在哪裏？

更多幽魂從書中溢出

悠悠站起，男女眼中皆有

一潭深深的泓水　額上頜下

漩渦似的美麗紋路

彷彿來自遙遠又相覷的年代

他們是趕赴死亡的幽谷，還是彩虹橋的應許？

珠貝衣在夜晚散發著光芒

人人手拿布條、搖旗吶喊

時而喃喃低語、時而放聲吶喊

向著那看不到盡頭的甬道走去

《賽德克正名運動》書帙凌亂散落在地

你喊住他們，但沒有人回頭

你在歷史中迷路，淚流滿面

他們卻為著你的賽德克正名

繞了幾個山谷，你走進鳥居走過的部落

赫然發現，家

被攝在《生蕃行腳》的書頁上

就在竹林掩映的山間平臺上

在淚眼婆娑之中

那裏有一幢木頭房子還有

幾個孩子

假日清晨，微雨

圖書館中人語欸乃

巍巍然的書架上有大部大部

寂寥蕭索的歷史

靈魂的重量被安然置放其上

炯炯猶如

頭顱架上一雙雙空洞的凝視

白芒──農兵橋祭帝瓦伊・撒耘

來不及悲傷的事饒是太多

心思如水岸

路上是尋常車輿轆轆而過

橋下是滿腹心事恣意橫流

潺潺淹過溪床

蛇信吐露石隙

也竭澤於荒原

能否與大海匯流

尚屬潛意識之範疇

晦暗的記憶同你步伐深陷泥沼

每走一步就越接近遺忘的年代

是哪一條泥路牽引著你的鞋紋？

是哪一首歌使你魂牽夢縈？

傷心老人¹何曾涉水而過？

他們一直在你腦海裏擺渡

卻始終渡不過記憶之閥

始終上不了白芒花蔓衍蔓伸的水岸

冥神悠悠數算唇間的錢幣：

白銀、寶鈔、制錢、匯票……

古詩十九首

離亂、惆悵、迢遞、遠遊、思鄉

你的究竟是哪一首？

當昂揚七尺之軀縱身沒入莖叢

心事便蔓延成一片白芒絲絮

風起

撩亂一盤濃重油墨

渲乎暈成一幅油畫

抽象的程度堪比內心

茫然的擘劃

屬於城市邊緣

屬於未開化

屬於邊陲

無家可歸者、漫遊者

沈思者、偷歡客、離家出走的孩子

班雅明式的浪遊

魂魄與魍魎日日夜夜

行水如斯

每個人都在芒草裏埋藏一個

不曾公諸於世便殞落的夢想

都在渡過冥河的轉世邊緣

才猛然在廢墟裏發現

閃閃發亮的前生

下到這裏來的人

不是醒世之人

便是

遁世之人

而李校長你

沒有人讀懂你意識的流域

就讓泥巴深深地淹沒你

讓濁水濯足、滌纓

翻身一躍跳入那條

流過血的

砂婆礑溪

給每個流浪的族人嘴裏

含一顆檳榔

換我敬你，李校長

喝一口老米酒吧

我將剩餘灑將大地劃開一道口子

你疼的時候

可以來這裏

輕輕擺渡

當西風再起的時候

茸白的種子將會飄散空中

佈滿邊坡

蔓伸蔓長

綿延千里

△▲　傷心老人之歌為撒奇萊雅族古調，曲調哀傷、宛轉，大意是老人對前半生的回憶與嘆息。

△▲後記　帝瓦伊・撒耘（Tiway・Sayion）漢名李來旺，人稱阿美族之父，為臺灣原住民第一位校長，致力於阿美族文化復振工作。晚年重新挖掘自己撒奇萊雅身分並致力於族群正名，早在臺灣原住民族自決運動的年代之先，對於原住民族處境與發展便已具有覺醒與前瞻的思考。

巾老耶的砂婆礑

巾老耶前少女遊，清溪淺處水長流。

凌波一抹蓮房冷，浴罷輕輕上小舟。

—— 臺灣竹枝詞

1

水溪清淺還載得動一兩位少女

那時，是在時間之外

後山的後邊

一條砂婆礑繞過半座奇萊山

輕輕推動著歷史的水車

如何從 Saquiraya

變為 Sakizaya 最後成為漢人口中的奇萊

與洄瀾濤聲遙遠相和？

淘金史上的她，充滿異國情調

在歷史空缺之處，她還是原本的南島風情

水聲流轉瀝瀝咕囊

2

兩百年後

一群北方來的辮子軍叫這裏 ——

巾老耶

好個闊氣老的名字

襯著瘋婆娘似的砂婆礑

倒像對老相好

沐浴的女子從時間中走出

芙蓉出水　蓮房微冷

走進秀才的眼裏

成為一幅畫

3

1878 年加禮宛事件

用血將這畫塗成一幅

印象派

抽畜的臉在火光中皺成一團

北方盟友加禮宛戰事告急

犄角另一端的巾老耶傾巢而出

古部落的入口是個夢境

掩藏在深層的潛意識流域

當清兵從水門潛伏而入

夢境便碎了一地

一個不曾被時間掀開的古部落

如夢初醒

砂婆礑溪血流成河

匯流截殺在須美基溪的支流

繼續推動歷史的帆桅前進

卻已幾乎載不動男人堆積成河的屍首

4

巾老耶人去樓空

一棵大榕樹無言站在那兒

當作投降的標記

回到這裏來的人

要不為著歸化

不然就是想家

日本人來的時候也想他們的家

所以這裏多了個鄉愁的名字：

佐倉 Sakura-shi

佐倉沒有溫泉也沒有櫻花

只有一條喘氣的砂婆礑

河床裸露

蘆葦漸長

5

不知道是親水公園綠化

或者東方夏威夷的緣故

如今，砂婆礑連鵝卵石都推不動

從一介悍婦退化成佝僂老嫗

腹中粒粒乾化的卵找不到羊水來孵

殘喘如一條河的殘骸

只剩山風還記得

曾白山巔旋然而下

吹動一葉輕舟

這裏是都市中的部落

也還保有山腳下的僻靜

房價也是市中心的一半

國民政府賜名：國福

國福社區舊名：佐倉，歡迎您的造訪

當年戲水的少女，還住這兒嗎？

砂婆礑溪瘦成一陣風

揚塵，秋天躍入蘆葦花叢

愕然驚見

散在橋下的

一堆白骨

△▲後記　巾老耶為清廷對撒奇萊雅族的稱呼。日治時期稱撒奇萊雅族
居住的部落為：佐倉，國民政府時期更名為：國福，現改回傳統名稱：
撒固兒（Sakol）。各階段名稱均帶有殖民統治色彩。砂婆礑溪（為現
在的美崙溪）流過撒固兒部落，以前是定時氾濫的大溪，現已乾涸無
水。上游建有親水公園與東方夏威夷渡假村，攔截了溪水。竹枝詞中
知道，這裏以前水深可戲水、泊舟。2012 年 4 月，在撒固兒部落外的
國福橋下，美崙溪床發現一具白骨，但無法進一步確認身份。2014 年
無意閱覽這則新聞，回顧歷史，唏噓不已。

月色醒酒

午夜，純麥 53 度在體內發酵

蒸散所有夢境

乾渴的唇在夢土裏龜裂

意識便從中冉冉而升

睡前說的酒話全忘了

披衣坐起，月色正好

秋露漸濃，蘆葦草長

水聲潺潺處

蟋蟀與星空相互唱和

西瓜吸吮月光慢慢長大

我也踅到陽臺喝上一大杯水

口乾舌燥，匇圇吞水

才驚覺

整個河谷的水都滿到了胸口

張口一嗆

噴出一條水氣氤氲的木瓜溪

搖椅上的人類學家

人類學家在書本裏跑田野

這裏有破茅房，也有紋面女

文獻回顧是山脈

口述紀錄是河流

一開水龍頭

老人的口水便嘩啦嘩啦流出來

聽泉　洗耳

再用一根獸骨剔牙

人類學家在攝影集裏跑田野

鳥居龍藏跑在前面

森丑之助後面跟著

哎、哎小心皮箱別掉了

穿越橫斷越嶺、合歡古道

一個生番腰跨彎刀斷在路中央

劈面那刀鋒比月色還寒

險啊，真險

差點落的是森丑的腦袋

千山萬水、長空無垠

這張奇萊空拍煞是好看

人類學家喜歡在夢中做田野

卜一卦吧

看看明日打獵是吉是兇

醒來那番還站那兒瞅著

不累不煩

南國薰風火辣

獸皮衣裹裹著的是一個

馬凌諾斯基的夢

△▲後記　馬凌諾斯基（Bronislaw　Malinoski）是人類學界眾所周知的
一個名字，被尊稱為「民族誌之父」。生於 1884 年，他是發跡於英國
的波蘭人類學者，主張人類學家應該「離開自己的陽臺」。他也是學
界第一位倡導並親身實踐到田野地調查、詳實紀錄並用民族學方法整
理成切乎實際狀況的民族誌的人類學家。紀錄的過程中，學習當地語
言、參與當地人的生活，用腳踏實地的田野工作取代書本研究。

睡前

你的眼睛是一顆珍珠

掉進我蒼老的瞳孔裏面

我細長的眼是一道峽谷

用五千年的雨水涵養出你的晶亮

昨夜皺摺不及撫平的床單

你翻走奔逃如一顆夜的星子

拖著尾巴的珍珠啊

來不及赴你年輕情人的會

你會像憐憫一個滄桑男人那樣憐憫我嗎？

如果我的黑能溶化你的驕傲

如果我的深邃能消溶你

疲憊的靈魂

就讓我們一起悄悄爬上天臺

把暗沈的星星擦亮

把盤桓在瓶口最後一口睡意喝掉

乾了的淚水卻在睫毛上偷偷生氣

我讓它像春泥印在我的白色羊毛衣

然而我總不會

像是憐惜一個走失的孩子那樣憐惜你

不能將妳從迷途的車站帶走

就成為妳行李中的一支菸斗吧

妳戴上貝雷帽　而我輕輕呵氣

貼著床單聽聽心跳的聲音

我就會幫你

把殘存眼角的小小尊嚴

吻成一隻蝴蝶

如果夢中的我們

航行於彎彎的峽谷

雪跟霜進不來的亞熱帶

我有南島熱熱的海浪

你的舌尖竊取堆積在岬島

大海噴出的

透明的鹹

風乾了的男人

眼角掛淚

（疲憊而美麗的你　睡前

把所有的勇氣

和夢

都掛在我的帽架上）

清水大山

攝於 2013 年

第三輯　山海經緯

讓風的手密密麻麻爬滿全身
那顫慄不亞於一隻山林驚鳥

督辦「開山撫番──北路開鑿計畫」成果報告書

計畫主持人：福建陸路提督羅大春（現留職停薪）

指導單位：欽差辦理臺灣等處海防兼理各國事務大臣沈葆楨

協辦單位：富商林維源、林紳維，太魯閣、加禮宛、荳蘭番社

一、計畫緣起

「生番系我化外之民……」

把話說絕了

就是讓臺灣獨立

現在又要收回

烏紗帽怎地摘得是我？

一粒施琅硬是留得的彈丸

卻是大清帝國最後一顆子彈

想我堂堂福建提督、建寧總兵

去歲轉戰兩粵剿太平天國

隨左宗棠出生入死

偏偏還要淌這渾水？

一切都是風的緣故

噩運的帆昇起

鼓脹著琉球古國亡國的悲憤

無助的舵手任憑風擺弄著方向

直直地朝臺灣海峽撲來

以為回到了舊時宗主國，實則

擱淺在一灘長滿刺刀的岸上

南風驟起

牡丹社旗獵獵

抱著 54 顆新鮮頭顱

歡欣鼓舞、共飲碗中酒

所謂涉外事件

不過就是一樁

格列弗遊記

以為私刑是合法捍衛主體的一種方式

二、計畫理念

成也生番，敗也生番

倭人挑動臺灣最尖銳那根弦

旋緊番人憤怒的脖子

刺刀捅進去是跟切腹差不多的柔軟

拔出來卻是遍地響的獵頭歌

當法蘭擁有了越南

英吉利佔領印度

船堅炮利打開了泱泱大國的門戶

開山實為撫番

撫番實以防海

內以避亂

外以杜憂

三、實施成果

（一）開山撫番

三月抵省

與夏獻綸商討邊防要事（會議紀錄請參見附件二）：

關關關關關關關關關關關關關關關關
關關關關關關關關關關關關關關關關
關關關關關關關關關關關關關關關關
關關開開開開開開
開開開開開開開開
開開開開開開開開
閉閉閉閉閉閉閉閉閉閉閉閉閉閉閉閉閉閉閉閉閉閉閉閉閉閉
閃閃閃閃閃閃閃閃閃閃閃閃閃閃閃閃閃閃閃閃閃閃閃閃閃閃
閃閃閃閃閃閃閃閃閃閃閃閃閃閃閃閃閃閃閃閃閃閃閃閃閃閃閃
閃閃閃閃閃閃閃閃閃閃閃閃閃閃閃閃閃閃閃閃閃閃閃閃閃閃閃
閂閂閂閂閂閂閂閂
閂閂閂閂閂閂閂閂
閂閂閂閂閂閂閂閂
閂閂閂閂閂閂閂閂閂閂閂閂閂閂閂閂閂
閂閂閂閂閂閂閂閂閂閂閂閂閂閂閂閂
艸艸艸閂閂閂閂閂閂閂閂閂閂閂閂閂
艸艸艸
艸艸艸艸
艸艸艸艸艸艸
番
番
番

（二）北路概況：大南澳

艸艸
艸艸艸艸
艸艸艸艸艸艸艸艸
艸艸艸艸艸艸艸
艸艸番艸艸
艸艸艸番艸艸艸
艸艸艸艸艸艸
艸艸艸艸
艸艸艸
水艸艸
水
水
水坳
坳
水
水水
水水
番番
番番番
番番番番番番番
番番番番番番番
番番番番番番番
番番番番番
番番番
番

大濁水

兵兵兵
　兵　　　　　兵
水兵　　　　　兵
水兵　　　　　　兵兵
兵兵　　　　　　兵兵兵
　兵　　　　　　　兵兵
兵　　　　番　　　　兵
　兵兵　　　　　　　　兵
　　兵　　　　　　　　兵
　　兵兵　　　　　　兵兵
　　　兵兵兵
　　　　番番番
　　　　番番番兵番
　　　　番番番番兵番番番

艸艸石艸艸石艸艸石番番番番番番番番番番　　番
艸石艸石石艸艸石石石艸艸艸艸石石林林森森森森森森森番
石艸艸石石艸艸石石石艸艸石艸石石林林森森森番
艸石艸石艸艸石石艸石石艸艸艸石石艸
艸石艸艸石艸石林艸石艸艸石石
石林林石艸艸艸石艸艸番
艸石艸石艸番
番番番
番番
番番
番

大清水—奇萊、吳全

竹竹木木
竹林竹木木竹木木
竹竹林竹木木竹木木
竹木木林竹木木竹木木木森森
木木木森森木森森木森森
森森森森森森森木森森
森森森森木森森木森森木森森
森番木森森木森森木森森
番番木森森木森森木森森
番番番番番木森森木
番番番番番番
番番番番番
番番番番番番番番
番番番番番
番番番番番番番
番番番番
漢漢
漢
番番
漢
漢
竹林林
竹竹木林林
竹木木林林林森兵
木木木森森森兵

森森森森森兵

森森森兵

森兵

兵

田田田

田田田田

田田田

田田田田

田田新城田田田

田田田田田田

田田田田田

田田田

田田

田田

田竹竹竹竹竹竹

竹竹竹奇萊竹竹竹竹竹

竹竹竹巾老耶竹竹竹竹竹

竹竹竹竹竹竹竹竹竹竹

竹竹竹竹竹竹竹竹

竹竹竹

阿眉番

噶瑪蘭番

田田田田

漢漢漢漢

漢漢漢漢漢漢漢

漢漢漢漢

木瓜溪木瓜溪木瓜溪
吳全吳全吳全吳全屍
　　　吳全　蚊蚋蟲蠅瘴魃蚄　吳全
　　　全屍　虫痙蚤蚯瘴癘蚜蚓　吳全
　　　吳全　蛆蛀蛙蚊蚋瘴癘　吳全屍吳全
　　　吳全全屍　瘴癘下痢蟑蚊蠅螢　吳全吳
　　　吳全吳蛇魃魍魎魅影吳全屍吳
　　　死吳全屍吳全屍死吳全屍
　　　　　全濕全屍
　　　　　　全濕

四、經費支出明細

類目	細則	數量	總額	備註
海防	礟臺	134	34 萬兩	築於林間碉堡
	城邑	5	200 萬兩	噶瑪蘭廳、花蓮港
開路	橋樑	258	150 萬兩	大清水 - 大濁水一帶
	梯階	22348	246 萬兩	墾泥為級，闌以橫木，左右各釘木樁
	亭坊	45	100 萬兩	
撫番	碉堡	23	150 千兩	大南澳 - 大清水一帶
	犒賞	1 式	85 千兩	大抵使已經歸化之番諭未經歸化之番，言語可通，譬曉易諭
招墾	墾本	50 畝	250 萬兩	生番眾多，日後要以招撫為宜（5 萬兩／畝）
	農具	1 式	100 萬兩	犁、耙、牛、簍
	獎勵金	1 式	50 萬兩	用以歸化之番
誤餐費	兵卒	10000	1000 萬兩	威武、義宣、威遠營
	臨時工番	1000	100 萬兩	太魯閣、加禮宛、荳蘭番眾
公關費	通事	1 式	1000 兩	用以招撫、喻降、說服用
	富紳	1 式	1 萬兩	作為林紳維、林維源兄弟資助萬金之綿薄獎勵
	番目	3 式	150 千兩	太魯閣、加禮宛、荳蘭番目
醫療費	藥品	1 式	289 萬兩	用於瘴癘、傳染病
	撫恤金	1 式	100 千兩	撫卹傷亡
雜支	雜支	1 式	100 千兩	舉凡帳篷、馬車、輜重之屬
總額		2,527 萬兩	以上類目支用不足可流通使用	

五、量化數據

我軍死亡：	2,145 人
生番死亡：	3,136 人
歸化番社：	27 社
投降番眾：	4,679 人
招墾田畝：	50 畝
開路總長：	200 公里
碉堡總數：	36 座

六、優劣分析與建議

績效	風險
自噶瑪蘭至蘇澳，撫番道路至新城已 200 里，至秀姑巒又百里，於一年內完成北路開拓計畫	北路之蘇澳為全臺精華所聚，又民番雜處，久為彼族垂涎。邇來番社深險之處，皆為遊歷洋人往來傳教、繪圖山川，萌芽已見。涓涓不塞、恐成江河 遇有颱風之風險：橋段人毀、路崩土坍、盡廢一功

影響	缺點
民兵可直驅後山直至奇萊、秀姑巒，加強控制後山俾利納入版圖 屯墾之風漸開，有利後山經營	瘴癘之氣嚴重 開路費用之數，轉踵事而日增 淮軍雖已凱旋，各路分佈之營勇不過三十，仍嫌勢單力薄 我軍死傷慘重

建議與心得
若他日得建城，宜在奇萊平原。新城、三棧、馬鄰、鯉浪為營汛之區，論屯田、論地勢、論捭闔縱橫可以奇萊為核心作輻射狀之發散；北則以大清水為界，清水以北，隸大南澳。 山前佈置周詳，則山後之經營必有措手之處。 倭事雖已平，各路之師尚不可撤。 今日北路已經開到秀姑巒，南路已經開道卑南，荒煙蔓草肅然在目。所謂金沙、銀沙皆屬影響之談，即便有，上世紀或已搜刮一畢，況熬煉、冶金、漏沙皆需人力，耗費鉅資恐不敷花算。 後人有謂，後山精華、有瑰寶，看似蠻荒、實為天府之國也；若真如此，也輪不到今日我羅大春在這兒。勸諭後人開拓後山必當三思矣。

心得

若論太平天國之役與後山經營
前者以沙場、戰術決生死
後者以拓荒、開墾、制度建立重開化
論功夫、論精神
臺灣經營難度為高

開路種種譬如昨日死
路成如重生
痢疾瘴癘使景山生不如死
本欲除卻天國之亂即告還鄉
怎奈何國難如星馳
想那淮軍、湘軍的年代
軍俸 4、5 兩，哪得
臺灣開路月入 10 兩
各路好漢隨我入林
卻也見逃兵壯碩者多所在

夜裏的番刀
竟比沙場爭戰還要可怕

治番之道，必當剿撫兼施
番本性純良，切莫激將

凡歸化者，必先賜土羜墾

公平分配，以絕干戈

務當剿冥頑，撫忠良

通事，俗稱番割耳

十充番割，久為番殲

論撫番，不得不用

既用之，則制之

以免來日滋生族群禍患

北路通，則後山之險除

後路可斷，惟颱風土石流

切記防汛、時時疏通

車輿不可並排，人馬不可雜沓

尤大清水段，屼巄奇景不可勝數

悉數鬮泥為級，闌木級上

須小心落石，不可久留

望榛榛莽莽草能長得慢些

使北路暢涌

前山後山連成一路

俾使我大清永續長存

督辦人員： 會計： 出納： 負責人：

附件一：成果照片

北路清水段

開山紀念碑

附件二：

開山撫番—北路開鑿計畫第一次會議紀錄

壹、時間：同治十三年，三月十四日，戌時

貳、地點：臺北城夏獻綸府邸

參、主持人：夏獻綸　會議紀錄：黃　岡

肆、會議主旨：開山撫番

伍、會議內容：

嗑瓜子嗑瓜子嗑

嗑瓜子嗑瓜子嗑瓜子嗑瓜子

嗑瓜子嗑瓜子嗑瓜子嗑瓜子嗑瓜子

瓜子嗑瓜子嗑瓜子嗑瓜子嗑瓜

嗑瓜子嗑呱呱呱瓜子嗑瓜子

嗑瓜子嗑瓜子嗑嗑瓜

嗑瓜子嗑瓜子嗑瓜

嗑瓜呱呱呱子嗑

嗑瓜子嗑瓜子

嗑瓜子嗑瓜

嗑瓜子

呱呱呱

爪爪

爪

川

∣

△後記　1873 年清國總理衙門毛昶熙面對日本外務卿針對牡丹社原住民傷人事件所作出回應，全句為：「生番系我化外之民，問罪與否，聽憑貴國辦理」透露出清廷當時對於臺灣的處置態度，是被動而無憂患意識，也成為日後日本挑起牡丹社事件的把柄。詳細資料請參閱羅大春《臺灣海防並開山日記》（臺灣銀行出版，1972 年），這次是真的了。

山問

誰說沒有伐木丁丁的樹林才是真正的森林？

誰說沒有槍響的森林才能圍成國家公園？

誰說沒有人的國家公園才是文明世界的指標？

誰說文明指標裏的荒野才是真正的自然？

為什麼山中無曆日？（我日日夜夜都在數算歲月）

為什麼有老鼠偷啃樹根？（撕扯我的皮肉、嚙咬我的骨髓）

為什麼檜木參天？（我以悠悠蒼鬱餵養著牠）

為什麼那麼多水鹿都來磨我的皮膚？（誰來制止牠一下？）

是誰在我的皮膚劃開一道道傷痕？

是誰炸開我的心臟插入導管？

是誰在我裏面踽踽獨行？又誰在我裏面奔馳？

是誰把我的五臟六腑掏空在裏面停飛機？

又是誰熨過瀝青把部落切成兩半？

你們穿上鞋的腳印我都認得，並沒有與山豬兩異

你們的固特異輪胎我都認識，並沒有與牛車兩異

你們身上的摩登裝飾，並沒有比五色鳥更鮮艷

你們的氣味複雜，卻沒有比果子狸更濃郁

我看著漁船來去靠岸，並沒有與抹香鯨兩異

各種膚色的人揮舞旗幟，並沒有與猴子兩異

多少個太陽月亮我都歷歷在目

在我叢聚茂密的鬚根中生養眾多

我讓山豬、猴子、水鹿、羊羌在我身上奔馳

也讓腳掌、車輪、飛機軋過我的脊骨

我讓山林休息、也讓樵夫取木

我餵飽各種動物也讓你們獵殺取食

為什麼要開山路榨取我的脊髓

讓我的皮膚鬆弛、讓土石傾瀉橫流？

兩千年前我本是個武陵少年

愚公遇我也未曾挪移我龐大身軀

如今，我的頭禿了、背長疣癬

身軀隨雨沈重地坍塌

只剩抹香鯨偶爾造訪

港口部落水梯田　攝於 2012 年

能高越嶺古道　攝於 2014 年

山之組曲

魚鱗雲

海岸山脈的裂縫處有平行時空的中央山脈

二者在當代一起推擠成山、一起拔尖臺灣

臺灣成為一艘綠色小船

在雪水切穿的漫長歲月中

天空的布帛被割裂成深且長的 ∨ 型

尖尖的谷底，盛著藍色的海

在不斷倒退的風景裏，乍見

迤邐的中央山脈在裂縫中推擠成詩

越推越高，直到

魚鱗雲游來將鱗片灑落其上

唯有老鷹的高度能啣下一枚雲彩

插在頭目的羽毛上 [1]

進山

進山前請先潔淨你的心

莫帶狂妄與自大踏上前人的腳徑

只要一顆檳榔的青翠

就可以感染整座山脈的蒼鬱

一瓶米酒與竹杯

聽山林萬物訴衷情

哪需

什麼入山證

獵徑上

動物的爪和氣味都

銜在獵人的鼻息上

陷阱的那一頭

設下了生命的懸線 ——

我們彼此拉扯

草叢裏的獸徑走過山豬嚖嚖

目光相遇並且迸擦出星火

是生命與生命的交手

當第一聲槍響穿越雲霄 ——

永遠也忘不了

曾經與山林間的風一起奔跑過

喘著氣的眼睛闔上了世界

「安息吧！你英勇的靈魂和肉體

使族人獲得溫飽

你的靈魂要歸於初生之地

請閉上眼，永棲於樹梢，沒有苦痛」

獵人以祝禱為他蓋上了棉被

▲1　原住民的頭目或部落中之「大人物」頭飾常用鷹毛來裝飾。鷹
為鳥中神物，翱翔天際如同統御平原的霸主，也唯有具備領導能力之
人才夠格擔任頭目，插上用鷹羽作成的富麗頭飾。

牛背上的孩子

山的右邊

山與海之間鎖成的平原

秧苗努力抽著芽

蓊鬱的山脈

青翠的稻田

藍得發亮的海

是畫家的油彩大膽灑落

潑在我的擋風玻璃上毫不害臊

搖下車窗走出車外

走進三層飽和的顏色之中

舀一瓢深藍海水塗在紙上
伸手摘一片茄苳的墨綠
點些穗子的橙黃在山邊
絞碎鮮綠的秧苗在腳邊
鮮黃的、青綠的、海藍的
拂了我一身還滿

迎面吹來太平洋溫暖的風
我奔跑
於是更多泥土沾在鞋上
海的藍也噴在我臉上
流動的油彩快要把我吞沒
口中唱著放牛歌
忽然發現
我就是那個
坐在牛背上的小孩

神話

晨曦迷離，河邊一頭啜水的獸

波光粼粼在牠舌底閃現

這不就是神話中

那頭逗引族人來到水源地的白色水鹿嗎？

結實的肚腹鼓脹著春色

頎長勻稱的腿透露著里程

而那碩大枝枒的鹿角

開展在晨光中

透露著歲月靜好

母親哺乳幼子的畫面

忽然跳進心房裏

悄然無聲

我是一頭鹿

重心放在下盤

氣力在四蹄之間運行充盈

輕巧挪動我那屬人界的陽軀

以水鹿之姿平行相視

身軀隱然埋藏在榛莽之中

視線卻如雲豹一般透徹明亮

順道穿出綠葉叢的

是一把上了膛的火繩槍

槍頭上下的游離是我心跳的頻率

手指穩穩扣住板機

我要那美麗瞬間綻放

什麼聳動了我的肩頭

攫獲我全副的精神

草叢中欷歔傳來

兩頭幼鹿莽撞的聲息

0.1 毫米的良心差距

就這樣輕輕顫開我的槍

轟然朝天而射

母親與小獸蹦跳彈開

倉皇奔走中

扭頭送來一雙驚惶的秋波

恰似當年離家的妻

▲後記　此詩根據邵族白鹿神話做發想。神話中，族人在祭祀祖靈的
時節，遇到一條白鹿，這是傳說中人遇不到的神獸，族人欲捕獵牠獻
予祖靈。一路追隨白鹿卻始終獵不到。最後，循白鹿的腳蹤來到了一
個芳草鮮美之處，於是便在此定居下來，那裏就是現在的日月潭。

火車快飛

火車快飛、火車快飛

飛過花東縱谷

越過蘭陽平原

帶一片卓溪的雲瀑

騰雲駕霧地飛起來

火車快飛、火車快飛

飛過和平小城

眼窩深邃的旅人客居家鄉

載我來到山的背面

爪痕累累、新斷的岩石慘白

一隻巨大的爪耙子正耒過

穿過山洞、喀噔、喀噔——

輪軸交滯沈重地撞擊臺灣的心臟

載著大理石和未成形的堂皇巨廈

奔向「幸福」，「臺灣」經濟起飛

天下寒士俱得歡顏了嗎？

越過小溪、越過小溪

傳說中流金滿載的得其黎

不見立霧溪水天上來，但見裸石塵滿天

急於丟掉的煩惱也都

隨北風揚塵

欲蓋彌彰

不知走了幾百里

來到一個平原叫都市

那裏沒有高山，只有觀音橫躺其間

靜靜看著時過境遷，物換星移

快到家裏、快到家裏了嗎？

列車載我來到一座華美的高樓門前

水晶燈飾、大理石地板、花崗岩扶壁……

這裏就是我的家嗎？

怎麼眼前矗立著好大一座中央山脈……

你們都沒看到嗎？

那聳峻是偉岸的奇萊山

迤邐洩下千里的勢態

不就是太魯閣的嶔崎嗎？

而另一端秀姑巒的琤琮

正從小天使的尿道裏汩汩湧出……

我啞然默數，高樓平地起

70 層鋼筋水泥、強力耐震

不就是我中央山脈屏障颱風的風骨嗎？

（最高品質花東水泥，100% 大理石花崗岩

雄康建設，深得您心—— ）

媽媽看見我早已歡喜地說不出話來

我震驚的淚卻從一面屺巆的清水斷崖

撲簌簌地陡落入海中

▲後記　花蓮中央山脈大理石品質好、純度高，適用於水泥、石灰原料，堅固耐用。有絕大部分外銷大陸，供作工業發展之用。民國七十九年，政府「產業東移」政策實施，臺灣西部的即將到期的水泥廠業者紛紛來東部尋求新場地，產業東移成為了名符其實的「水泥產業東移」。而花蓮縣秀林鄉和平村，包含了和平、和中及和仁三個太魯閣族居住的部落，自從水泥廠址設在這裏之後，族人便交出了廣大的獵場和傳統領域，此區一變而為「白色部落」──粉塵、噪音與污染蔓延著這個區域。山脈阻擋颱風東來的功能盡失，一遇大雨、颱風便即坍方，遷村變成家常便飯，且常常在災難中喪身。族人賴以屏障的山脈，如今多數外銷中國，我們還要拿幾座山脈來交換外匯存底？

隧道

一排排車燈駛進闃黑的甬道裏面
魚貫而入那姿態就像新生兒回到母腹
隱微透光的空間，就像前世微光在叩門
讓我們像推擠的精蟲湧出這管
悠長的歲月吧！

一千萬年的撞擊，火舌與水吻熱烈交纏
悶燒、噴湧，而後冷卻、風涼
再來是風化與堆疊
然後是竦然的黑夜與星辰的全部方位

我們試以斧鑿探勘它岩層的肌理

而強壯的巖穴

則以聽診器傾聽它激流的伏動

我們只用了一顆炸彈的時間

便傾軋一座蟄伏千年的山

彷彿提早預言了風化

最後只剩下塵埃

所有飛瀉的碎石砸到腳上

新石器就這麼碎了

骨針、陶甕就這麼碎了

珠貝、瑪瑙飛濺有如石子

揚塵如雲煙，懸浮在空氣中

不斷瘙癢著歷史的支氣管

咳嗽，是對過往的唯一抱歉

我們就這樣輕易走入一座山的裏面

那個蛇或猴子都無法滑入的廊道

莫如胚胎溶於羊水

母鹿棲於青草河畔

又如倦鳥歸林

然而我們不倦

反而傾瀉一缸子精力剝裂山壁

糊上水泥、撒上瀝青

好把這座山標誌上時間

標誌速度、標誌方向

然而，我們追趕些什麼？

那再也生不出菌類的山壁呵

從那束隱微的光鑽出來以後

我已經

髼髼髭鬚、蒼蒼白髮了

乃不知有島嶼

遑論民國

強暴一座山

一位美人躺在水璉海邊

斷崖峭壁是她挺立的鼻樑

山稜線勾勒她堅毅的面容

背海緩降的是她背脊的坡度

面山陡落處構成峽灣

那是美人腰際的弧線

有潮汐終日環抱

偶有飛鳥自眉宇間驚起

緣自於早晨，一個慵懶的呵欠

美人的黑髮垂落海中
茂密森林也昂然叢聚
山澗河川是她的肌理血脈
岩層底的激流
循著兩股奔向大海

去歲
上膛的礮搗入密林叢間
不斷探勘她的脆弱與敏感
間或暴虐扯下她的黑髮
直至熱帶的白色浪花
激起山路偉岸

一條海岸公路自胸中開出
沿脊背、腰間一路滑到臀部
繞過乳丘，蜿蜒腋窩
迂迴最崎嶇的秘徑

穿過最華麗的奧秘

斷髮吸不到海水

怒濤直上卻不斷掏空她的基底

山石滑落，皮膚鬆垮

她一年比一年更萎縮

我感到抱歉

竭力不去想她的美麗

然亦需每天開在這條山路

去上班

▲後記　花蓮海岸公路水璉段，美人山仰躺海中，每每路過便不得不多瞧幾眼。這條海岸公路在 50 年代拓寬以前，對外交通多不便，阿美族、撒奇萊雅族以及噶瑪蘭族居住於此。族人的路走在沙灘上，繞著海前進。有路以後，產業、貿易跟著移入，無形中，改變了部落生活甚劇，其中包括了最直接的開路導致的土地徵收問題（詳見《是誰把部落切成兩半》一詩）、人口外移、部落年齡老化以及嚴重的土石坍方、地基掏空等生態問題。山路的負載量隨著道路使用率頻繁加劇而時時崩塌，海水侵蝕路基，經常路過此地皆是修路、單線通行的局面；形成山路不斷往內陸延伸、炸山開道、海水覆又侵蝕加劇等不斷的惡性循環。

海問

西麗雅安為人神,育一女,嬌艷欲滴。忽逢海潮,海神見之色心大起,遂興風浪捲女入海,須臾風平浪靜渺無人蹤。西麗雅安持銀杖自奇萊至秀姑巒,幾尋不復得,憤而擲杖在地,地遂化為灘,自此海陸永不相犯。

是人還是神

決定了海與陸的界限?

是誰在用炮彈、圓鍬開路?

是誰把消坡塊丟在腳邊阻擋我前行?

是誰在我柔軟的肚腹蓋大飯店?

是誰讓朝貢於我的河水只能排隊直走河堤?

西麗雅安,妳把銀杖收回去了嗎?

是誰的小船在我浪頭裏迷航？

是誰家孩子的手被水草牽著走？

是誰家的網子正翻攪我的胃？

是誰在海祭的時候親吻了女人？

是誰嗜吃魚嬰？

是誰以肉身獻祭於我？

為何山怨我粗鄙不文

人叱我以暴虐？

西麗雅安，妳把銀杖收回去了嗎？

為何我的手指能觸碰堅硬地殼？

我的藍其實並非天藍

人類的憂鬱也非海的憂鬱

我本無色、無味、無人性

我的神性被禁錮在水一方

唯所有瀲灩的波光都以最美麗的波長射入

宇宙之心便在我裏面點燃

生命的火種

使我外冷

內熱

西麗雅安啊！眾神的恩怨總是凌駕於人世

為何人反倒在妳的憤怒之上築城？

當一條不敢接近海的狗跑走沙灘

陸生動物接近海的恐懼其實是敬畏

所以人類的貪婪與幸福

製造出和垃圾和骨灰

在投入大海的時候

以為自己更接近

自由

心情不美麗灣

海的旁邊

有一個水泥做的 taluan

裏面即將棲息都市飛來的倦鳥

他們的眼睛疲憊裝不下真正的海

只有看到海面上亮晶晶的東西

所以時時迷航

他們選擇性來到這裏

預備一個靠海的房間

在海邊的餐廳裏大啖生魚片

想像海的風浪、海的深邃和

海的憂傷

對於海的美麗，做

消費性的凝視

我有一個竹造的 taluan

裏面裝滿網具、釣具和我自己

我看穿平靜海面下紊亂的水流

知道潮汐的方向

我的船聽命於我

魚聽命於我的網

浪大的時候

就坐在海邊一整天抽煙，就

補補破網

有一天，他們

在藍色大海旁

又挖了一個藍色小海

圈住沙灘

踢踢浪花

都市來的人沒有敞開門睡過覺

早晨醒來沒有被鹹鹹的風吻過

夜晚海灣的美麗

不是美麗灣能夠細數

銀河在頭頂奔馳

衰老的星和火辣的星

同時萎縮或新生

當月亮從海平面昇起之時

我的星球便開始傾斜

我的潮水東流

我的心也雀躍如一頭狼

在月圓時分

讓風的手密密麻麻爬滿全身

那戰慄不亞於一隻山林驚鳥

凌過海平面，拂過山頭

最後撲倒懷中

那是浪聲

山谷裏的回聲

還是你腳掌的沙沙聲？

海灘路

這是一條通往繁榮新樂園的道路
當怪手洞洞鑽開玄武岩的前世
岩漿還會從裏面流出來嗎?

千年的灼熱記憶,冰涼的黑臉如今
流下了眼淚,那鹹緣自於海水
裝作剛從海裏打撈上來的模樣
「石頭是喝海水長大的,你們都不相信!」
悻悻然,部落小女孩指著大海說

島嶼的生成源自於一次偶然的推擠

你原是火山裏熬煉的一塊玉石

造山時代遺落人間填海成陸

你生命中的焦灼須以鹹水冷卻

那屬未知的流動須以冰涼定形

你身上的氣孔則訴說了剛投進海裏時

喘氣的模樣

千萬顆玄武大軍攻佔海灘

以碳黑妝點海的偽裝術

至於我們，則說了一段美麗的神話

人們在沙灘後築起木屋

往海裏去便探著魚

進山裏去便尋得獸，至於

山與海之間，則闢成翠綠的梯田

你同父異母的兄弟，麥飯石

可以煮菜，漂流木可以燃燒溫暖

海水餵養石頭，浪濤淘洗海岸

百年如一日

直到殖民者的觸角探進來

在海的臍帶蓋上大飯店

他們的腳不走沙灘，捨棄繞行山脈

以斧鑿推敲山的深度

以聲納聆聽山的心跳

開出一條又一條山路

走的可是風的路徑呦！像那猴子

時速一百，便從舊石器裏走了出來

彷彿還聽見獸骨敲打木樁的聲音

海水啃食那生不出蕈類的山壁

而美麗灣再也不美麗

謠傳一個部落的小孩淹死之後

神話裏的女神

終於取回了她的權杖

捕魚祭 miladis

哇嗚！造物之神 Malataw

男人在海邊舉行 miladis

我們以虔敬之心準備祭品

這裏有酒、荖葉和檳榔

哇嗚！出海的男人祭祀山之神 Kadabowang

請護佑我們在山中的安全

使獵人在夜晚有月亮的乳汁照亮山路

讓飛鼠飛進我的陷阱裏

讓山豬衝到我的槍口前

哇嗚！出海的男人轉身祭祀海神 Kabi

請賜給我們好天氣

讓魚統統游進男人的網

使漁船滿載而歸

這裏有上好的酒、荖葉和魚

年年我們同樣要這樣祭拜祢

銅門部落風倒木

攝於 2014 年

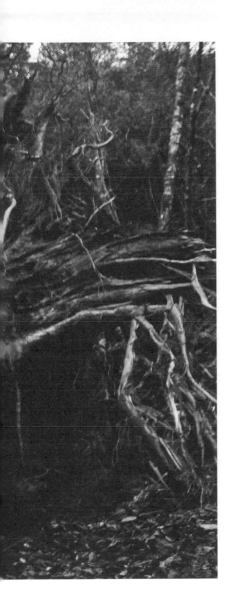

第四輯　流亡者

摘一片青黃梅子送入口中
竟嚼成一瓣酸溜溜的黃孝片子

氣墊床

皺成一團的氣墊床豢養著我的睡眠
忘了帶充氣筒的我
只好一口一口吹氣
直到氣墊床噗噗膨起

當吹進最後一口氣
我便消失在空氣中
氣墊床巍巍然站起
就著烤火睡著了

海岸山脈　攝於 2013 年

代理教師自白

執起粉筆，看著窗外

木棉花又抽出棉絮

粉筆無端寫出

第五個春天的日期

白粉灰黏在鼻頭上

打了個噴嚏，看看今天誰最不乖

誰就當值日生

拿出數學課本來，翻開 38 頁

直角就是鹹蛋超人，銳角就是噴射機

（請用量角器畫出一個直角和一個銳角三角褲）

唧唧復唧唧，木蘭當戶織

不聞朗誦聲，唯聞師嘆息

（不然我們來讀經？）

春花秋月何時了，往事知多少……

花東縱谷成狹長形，由

中央山脈和海岸山脈包夾而成

山高水急，河川短而急促

是後山之後的山後

看得到日出，卻永遠看不到日落

家長每天都喝醉、學生每天都遲到

娜高永遠口齒不清、卡造每天打瞌睡

聯絡簿上的檳榔汁就像一個意味深長的吻

清早時分屢屢向我撲來

代理合約就是賣身契躺在我面前

簽下它、就宛如委身於千山萬水

前不著村、後不著院有如

蘇東坡坐擁海南島的氣魄

（為部落服務是我的榮幸）

我就是個代理商

代理國家盜版的教育理念

（你好！為部落服務是我的榮幸）

遞考卷像遞名片一樣自然

在這兒沒人講中文的地方

插國旗

唱國歌

學習被發明的傳統

把生活的傳統丟在山上

泡在海邊

代理就是非正式

非正式就是替代品

這句話我女朋友曾跟我說過

備胎老師卻要和正式老師一樣妥貼

寫沒完的教學檔案、辦不完的教學評鑑

收發公文、行政、銷帳一樣不能少

風景看膩了，來來來……

新社、紅葉、太巴塱或蘭嶼

隨到隨選，先挑先贏

只要代理，不求永遠

中央山脈以東，後山後面的山後

是磨刀的好地方、我謫居的天堂

▲後記　花東、蘭嶼等偏鄉地區教育資源極度缺乏，師資流動率大。靠山近海、到達市區要 1.5 小時以上的偏鄉，幾乎每年都要辦理師資甄選，一招、二招、三招之後，還是沒人來，最終便在制度的允許之下，降低門檻：只要大學學歷，不需教師執照者，皆可應徵代理教師。我自己便是這個鬆綁下的受益者，但這樣的教育品質令人堪憂。認真、負責的老師自然無話可說，但教師流動率大、幾乎人人想往市區的學校前進也讓原鄉學生須時時適應新老師、新教法。

酒神自白

我踉蹌地跌倒

看著夜空中的星星：

究竟哪一顆是我馬拉道的眼睛呢？

祖先啊！

祢們的光輝依舊撒在我身上

可是我的眼神消散

我的皮膚長瘡

髮上結滿蜘蛛網

扶著酒瓶站起

（至少還有酒瓶扶我）

祖先啊！原諒我沒能以酒來祭你

這裏已經沒人在釀酒了

我去小七給你買一瓶哦！

家裏的奶粉沒了

可是我還在生

網子裏沒幾條魚

版模的工作下禮拜才會有

（多開一些山洞吧！

這樣臺北到宜蘭也會比較近）

不然打打山羌也是可以

那要在凌晨 4 點下山才會躲過檢查哨

牧師說：男人是家裏面的頭

我卻像家裏面的屌

巍巍顫顫，只會射精

牧師說：嗯——射精也是家庭裏的必需

於是我向牧師告解

說我偷偷打了水鹿和野豬

把祖先的地賣給了白浪

牧師就說：不要耽溺，榮耀是在天上的

今年是我晉級 cifelacay¹ 的日子

我很會殺豬

削尖竹枝就刺進柔軟喉嚨直達心臟

回來的弟弟們個個像都市裏的混球

手插在口袋裏不會倒酒

耳朵被流行歌塞住了一條歌也不會唱

打不行，罵了就跑回臺北

酒過三巡，一跳跳到天亮

竹杯裏裝的是真正的小米酒

用祖先賜的米釀成祝福獻給神靈

一圈、兩圈、三圈

祖靈也來共舞

我的汗水不白流

忘掉魚苗的事

忘掉版模的累

我的腳為祖先而踏

我的歌為祖先而唱

日正中天，甩掉嗨央

準時上工，哥兒們一哄而散

我從酒瓶裏爬起

老闆的車搖搖晃晃載我們到蘇花改

鈑金和宿醉的頭同等重

夜晚泰雅小姐在雜貨店

等我點播一曲林班歌：

記不得，有多久沒有見到你

我想要告訴你，我心中的小秘密

小秘密～就是我在想念你～～

搖搖又晃晃，扶著酒瓶

我跌在南澳的星空裏

眾人拍掌吆喝說：

酒神來了！

▲1　港口部落四年一度的晉級儀式，對於部落男人相當重要，年齡
階級將確認其在部落中的職責及地位。Cifelacay 階級年齡為 36 ～ 38
歲，操祭典中烹煮及分配食物之心。

獵人

在這諸神殞落的世代

你的槍是憤懣宣洩的管口

有一顆哽在喉頭的彈丸

試圖迸裂出創世的巨石

看看裏頭會不會有人走出來

再創出另一個新文明？

那個群山奔走、野獸呼嘯的年代

人與獸不過是天秤上的兩端

沒有槍枝的手徒然如獸掌

一樣柔韌、也一樣強悍如鷹爪

有時山豬大獲全勝

留下澗邊白骨一堆

和一個消失了名字的英雄

有時是你凱旋歸來

肩上扛著全村的食物

是一份榮耀

是分享的概念

青年兒女奔走膝下

戰功報曉一一細數

篝火的午夜

油膩的嘴唇講著驚險狩獵的故事

多少個未來的英雄在此應運而生

試具體描述野豬眼裏的火光……

那光芒已逕閃爍在獵人的眼中

你獵的不只是一頭山豬

你網羅了一個文化

肩上負載的是一個儀式

一片山林

一個生態

一份文明的重量

西部來的人

多年後

我在臺北的公車上遇到你

你叫我投半票，因為白髮蒼蒼之際

青春的倒影都如白駒過隙

我嗅得那是一種部落的階級自持

你的堅持使我坐在博愛座上

在都市中，看似一無能之特有階層

卻在阿勃勒疏枝漏影底下

恍若置身年祭

被獠牙項鍊圍繞在舞圈之中

我是怎樣認出你的

眼角那疤純屬出獵的意外

曾經生命懸在槍口

撲面而來的野豬以獠牙與你鬥智

搭在膛上的炮卻怎樣遲遲也不發

彼時槍尚未盛行

而你擁有的是一把例無虛發的青春

躊躇，可見還是個孩子

野豬進欺身旁，你以短刀胡亂相刺

那一刻，你依循歷來篝火旁故事的線索

切割分屍，也學會了怎樣

為山豬祈禱

過了站是無傷大雅的

我尾隨你一路駛進公車總站

你大擺大闔的方向盤頗類操縱

在故鄉山水鳴放的水泥機具

對於手中物游刃有餘的姿態

是山林賜予的贊禮

我叫喚你的小名：阿鵬

眼角疤痕霎時與魚尾游進同一條水紋裏

你說，好像在山裏遇到山豬那樣的興奮

我真的願，是讓你重回山林的一條豬

黑白切兩條蒜泥白肉權充醃豬肉吧

重鹹的情意在都市不見

倒是這白肉顫顫教人心驚

再叫兩瓶保力達、配咖啡

臺北就是一座城市部落

是什麼吸引你、從森林英雄變成歲月蜉蝣？

來臺北以前，你在山上七整天

用溪水洗眼、以泥土裹床

抓了一輪山羌、飛鼠與野豬

在黑夜真正的黑中，以番刀

神遇諸獸的經絡肌理

細細溫存、品嚼山林的氣味

與山林同步屏息且用

生命愛這水泥廠蹂躪後的太魯閣

山下的家蒙塵，父親死於值勤

母親抱著酒瓶含淚以笑

叔舅忙著犁那畝賠償金換來的瘦土

你以為歲月是初見懷孕母鹿那樣的幽靜

某天裏老婆卻帶著兒子跑了

你說，忘了小獸是跟著母奶跑的

傻傻笑著好像自己就是那頭小鹿斑比

我倏地想起成為一名獵人與

成為一個詩人是同等困難

歸來吧！

看看那落塵滿天的和平、山崩土滑的秀林

看看滿山遊覽車的太魯閣、紋面貼紙亂發的觀光季

大山沒有了獵人就失了一份銳氣

亦如上游砂卡礑無魚游水靈氣消散

駕著你的大車途經蘇花高

小心落石，別像跌落斷崖那

迷失方向了

西部來的人

△後記　詩名挪用黃明川電影《西部來的人》。我欲化身同族白髮老
者，以故事詩勸諭賽德克獵人好友阿鵬歸返山林，為他所喜愛的狩獵
文化而堅持。在他告訴我決定去臺北開公車的那晚，我語閉塞，回家
思量萬千，遂直接借來《西部來的人》電影給他，並寫此詩，望他能
有所體悟，有所折衷。堅持作一個獵人跟自詡為一名詩人，是同等神
聖而困難的。

保守地失守錄

上古

土地攤開是一張

濕漉漉的地圖

捲起收進口袋

整個河谷的水都滿了出來

弄濕了褲子一大片

再打開地圖

山起了皺摺

有人開始種菜

有人從山頭尖尖

往下跳，跨越中央尖山三千尺

來到得其黎

這一躍，就過了三百年

雲化作水從間隙流過

清朝

後來又有人把地圖折起

攤開來的時候就迸出一聲槍響

嚇得那官硃砂筆掉在蘇澳

「生番出沒，小心頭顱」

再多畫一個圈圈，這裏擺一道

北中南路就這樣掛在半山腰

搖搖欲墜

陰風怒號，古木參天

番人踏出來的社路被清兵走成了官路

土牛溝就緊緊嵌進山裏

棉紙邊緣慢慢透出血來

日本統治

明治二十八年

土地上到處招搖著太陽旗

泰雅人怎麼射也射不完

揮之不去的燠熱籠罩山海：

隘勇線挺進、一吋一吋推進……

掐住隘口，地圖上有兇番氣憤地在山間跳躍

有人走進地圖裏　埋首

從事一種「人類學式」的調查

一吋一吋丈量樹木與番人所在

所在地必有駐在所駐在所必有……

抬頭看，遼闊的天空佈滿鐵網

菱形錯織好似女人臉上的紋路

幾聲鷹啼隨陽光滾落在地

觸手卻摸不到風

（嘶……有電！）

隘勇線推進，再推進……

國民政府

拔掉電網、填滿土牛

我為您蓋上一座漂亮華美的國家公園

西方文明是保育的推手、遊憩事業相得益彰

無人的太魯閣大山，水鹿徜徉

山羌戲謔、飛鼠縱橫

如今太魯閣人餓著肚子，雙手奉上山林

犁那畝貧瘠的保留地　旁有

水泥廠插入導管剷平山頭

曾經土牛溝、隘勇線把人擋在山上

我但願——永久被囚禁於彼方

輕盈地奔跑跳躍——

也不要被屏棄在山下　背負

山林喘息的重量　壓垮房屋

死傷手足　曾經

家的範圍就是腳能走到的地方

兩腳一跨就橫越一條溪流

大手一揮對面那山就是獵場

政府說有土斯有財

（保留地流失了不再來）

我的十簍芋頭、五頭山豬如今

化成權狀，地界 A127—A130

從戶政機關人員的手汗中摩挲出

一張小小的地圖

山的形狀看在眼裏模糊了

捏在手心裏彷彿握也握不住

失眠的浪聲

我在昨晚睡去的時間裏醒來

看見天空變白　雲朵變猖狂

施工機具在隆隆聲中喚醒沈睡的麵包樹

麵包果被亂顫震下枝頭

一股腦兒癱坐在地上

爆破炸開了橘白色果肉

流了汁液滿地

也流了幾百年的歷史，直到

好端端地被呈到市場攤販上

以一種全新的方式被對待

被熟煮

挖馬路的還是繼續把線路塞到地球的窟窿裏

隔壁裝鐵窗的還是不停用鐵窗囚禁陽臺

開一個小口，種一盆紫羅蘭，再把煙灰彈裏面

隆隆聲中

樓下汽車幻想有人要撬開它

尖聲怪叫在天幕劃破一道口子

順便在我失去的睡眠裏縱橫

眼珠子同麵包果一樣

被砸碎綻放殷紅血絲

所以我在昨晚睡覺的時間裏醒來

迎接我的口臭以咖啡來洗刷

上上健身房、寫寫企劃案

下午下了場午後雷陣雨

淋濕所有聲音——

機具隆隆、鐵窗嗯嗯、麵包果咚咚、學校叮叮噹

大地復只有雨珠滴滴答答

在更遠的海裏，下成了浪聲

洗刷我的疲憊，在麥飯石上打洞

滾入腳邊變成我的磨腳石

我用一億年的時間來摩挲我的腳皮

正好演化為陸上靈長類

羊水裏的嬰兒或許還記得那漂浮的滋味

遠方的戰事硝煙並不熄滅，顆顆名為：

貪瀆、臺獨、性別、生態……的炸彈

蟄伏於抓漏的壁癌中

我在臉書上尋求一絲慰藉

卻被人肉搜索出一張服毒的面容，罪名：

聽風　捉月　並撰寫一樁

美麗灣的開發案

我躲入落地窗後

以耐震隔音絕開一切聲響

待美麗灣落成

在無聲的海浪裏面

豢養我中蠱的睡眠

平庸之惡

他正注視著著——

不，他沒有停下腳步

他的鐵靴慢慢向我踅來

像折斷腿的胡桃鉗士兵

我們緊牽著手，交叉像跳迎賓曲

他正注視著——

這兩天他目睹一切

憤怒青年的臉龐層層堆疊

在視網膜底下一一顯影

他不動聲色，因為紀律教會他聽令行事

他不動意念，因為意念促狹如一碗冬夜裏的湯麵

他不感覺冷，只有盾牌的重量提醒他
活著，向前踱步

與我的年齡相仿吧！
還戴著學生時代的黑框眼鏡
他的視線不曾挪移，累了只能眨眨眼
歷史便在千分之一秒的心底成像
他並非無動於衷──只是一時間
無法消化
無從想像

我既渴又累，倒在花盆新濕的泥土裏
柔軟像海潮，一波波向我襲來
睏倦的睡意，是比流血還要可怕的深淵
像小時候等不到壓歲錢便沉沉睡去的午夜
無數個午夜，都不曾像今夜這般深──

且長

不服，貿然的決定如每日清晨

廁所裏的讀報——頭版頭條、國際局勢

社會脈動、社論後副刊（這詩寫得真爛！）

逐條審閱就會便秘——

只好撇條、撇條、撇撇條……

一讀拍案叫絕

二讀哈欠連天

三讀沖水逕赴東流

（你還醒著嗎？）

貌似某種成年禮

是的，他正對著學生噴射水柱

不，不是他噴的，是他的手

是他今天早上打卡的那隻手

我就這麼滑出母親的陰道

濕濕黏黏的狼狽感似曾相識

警棍在我的左屁上打了一下

（你還醒著嗎？）

是的，鐵片令他步履

沈重如開闔漸緩的眼皮，一下、兩下……

千次連拍降轉成 1/30 秒的危險快門

人影模糊晃動

在渙散的意識裏

暈成河流

0.1 毫米的良心刻度不存在

此刻，只存在於

秋後算賬的無限時空中

無刻不在的卻是邪惡的

平庸，庸庸碌碌如

安樂死千千萬萬條流浪狗

他還醒著——

信仰無關乎道德

良心也與天氣無涉

不能停下腳步，矩陣，向前挺進

挺進！朝我猛踩剎車——

伸出的手是攙扶，換個角度

便是拉扯——將我撕裂成碎片

地上便有千千萬萬顆星辰

歷史在晨曦中

過曝成一片白茫

我在新濕的盆栽裏

長成一株太陽花

吟遊詩人——
贈予阿道・巴辣夫・冉而山

一行人打雨中走過

他們面容奕奕

在帶頭老人起了第一個音之後

眾人應和答唱，此起彼落

有時

半個音掉下山谷

就讓它徐徐墜落

像隻花紋斑蝶

會從谷底

冉冉而升

沒有目的的一行人

踏著泥巴往前行

沒有人漏接老人的歌聲

有時或許會慢了半拍

心跳卻會澎湃地遞上

及至喘氣聲中

一支歌謠闢出一條山路

劈面而來的

是斷谷裏自己的歌聲

腳步堅定的一行人走入山中

調勻呼吸

用吟唱織成一張細細的網

伸手一把撈住

擱淺空中的單音

再度譜成一支

賣膏藥的小曲

有東西自他們的行旅中滾落

越滾越近

越來越大……

啪 的一聲

一張狗皮藥膏貼在我的車窗上

頭

突然不暈了

山勢漸漸拔高

歌聲和雨

溶溶地化了山路

泥巴，藏在後腳跟的縫隙裏

雙腳起落如耙土犁田

一片山間平臺陡然自胸前敞開

部落和稻田

遺落的歌和夢

綿延成一片沙灘

雲霧自山腳盤旋而上

每個人的頭頂

都長成了一株樹

▲後記　此詩作於冉而山劇場代表臺灣參與 2014 年愛丁堡藝穗節排
練期間。冉而山劇場團長阿道‧巴辣夫‧冉而山，初見其人，妙語如珠，
酒瓶中似有千言萬語。與之深交，才發現「流浪漢」一語只是自謙。
年輕時阿道幹過各種職業，在汗水中瞥見人性與文學的影子。稍長之
後，流轉於山海、都會，島嶼與歐陸，得以窺見生命中的虛實與折衝。
環境劇場的排練方式，以自然作為創發的依歸。「賣膏藥」一幕作為
劇作《永恆的妮雅盧》——探討人類心靈世界劇碼的串場，以一首打
油詩串起流傳在部落幾十年的記憶。當一行賣膏藥的隊伍打著銅鑼、
走進部落時，亦象徵著某種心靈上的療癒。

泥土——贈予梅道傑

流動的沙

賦形於水

總是要攪和些什麼

一粒沙

一滴水

都無法獨自成全

要一些風的孕育加上

時間的凝練

才會成其為土

在河流中，緩緩

舒展成一片泥

勾留水邊成為柔軟的岸

相忘於潮水就陷落成灘

攪和春雨裏的便成春泥

北風漸冽

便和蕭索的枯葉

擁成殘雪

北方乾乾的土

常常離形於風

和著潮濕的南方

海風的鹹

揉進眼裏

成為一滴淚

相忘於土的地方叫做天涯

那裏有歌聲、瀑布、風

和鷹隼瞄準的天空

夜裏的星子是你翼前的燈

港灣的船桅是你爪上的指北針

只是這土啊！

僅是你俯衝而下

雜沓的一排雪泥

記憶之軌潦亂如痕

夢中的土成為了故鄉

有故鄉就有了羈絆

羈絆的土鋪就苦旅的路

路上

一株梅樹立在雨中

摘一片青黃梅子送入口中

竟嚼成一瓣酸溜溜的黃孝片子[1]

祖父梅道傑先生，前半生湖北黃岡人，後半生屏東林邊人，
1949 年搭最後一班飛機來臺，後服務軍中行醫，現為退休醫生。

▲ 1　黃孝片子為湖北方言。祖父家鄉位於湖北省黃岡縣的團風，此
區域便是講黃孝片子，為一種江淮官話。

土——贈予流浪詩人

吃土的人可能是

流浪者　就與

喝西北風同義

但土不能吃

西北風也解不了渴

無論怎麼流浪

腳底好歹是一片土

流亡者的腳下

踩在一個夢境上

怎麼睡也不紮實

翻土的人可能是

農夫　也可能是

蚯蚓不是人

土鬆了

種子才有著落

人累了

夢才有土可著陸

挖土的人可能是

考古學家　或

心理學者

地表以上

往往都不是真的

意識伏流之處

才是遺忘之所在才是

廢墟的年代

與土相親的人稱為

土著　意思就是土地的

著作者也可以說是

詮釋者當代尊稱為

原住民　他們

住的房屋寫成一本建築史

燒過的田寫成一本環境史

拍的照片排成一本民族誌

我們本來都是原住民

我們是自己島嶼上的原住民

自己心靈裏的原住民

沒有人可以給你一塊島嶼

你腳下已然踏著肉做的島嶼

你的血脈就是河流

你的呼吸就是島嶼上的風

你的思想構成了山脊

你的淚流成了海洋

你捧著的泥土

就是你剝落的皮膚

臺灣行舟

臺灣本是一艘蒼翠之舟

航行於四千公尺深的海平面上

供飛鳥來棲，漁人止舟

萬年的蒼翠不減、卻隆起海拔三千

抖落滿林鳥囀，一棵玉山圓柏悄悄倒掛崖邊

葡萄牙商船滿眼驚嘆：Ilha Formosa!

也不知是他在看山或山在看他

臺灣駛出臺灣海峽

隔水咫尺，卻是擺渡千年

就算不能得緣共枕

也要修一身同船共渡

龍的傳人渡海來臺

在蕉葉與蕃薯的簇擁之下

從炎黃子孫變成鹽田兒女

曾以一彈丸之姿溢出清帝的手掌心

卻躍不出荷蘭、西班牙船艦圍剿的浪頭

金毛手臂搖晃山林，鹿皮、樟腦滾落下山

甲午年的多事之秋，日本把臺灣放入口袋

土語變作物語，獸皮變成浴衣

但是通了電的臺灣，亮起船頭第一盞領航燈

興許是菩薩低眉，緣分釀成酒香十里

青天白日滿地紅，在小島上遍地開花

日本人回到東洋，吾人自彼岸踏沙而來

黑水溝暗潮洶湧，遠方有人搶灘

悶哼一聲，一顆頭顱便落了地

那廂又響起一聲槍響，菸草人聲散落一地
血染的花開在口中，卻拿著煙斗堵起嘴
噤聲與嘶啞，只在一線之間
臺灣從蒼翠之舟變成沈默之島
恆以一蕃薯之貌蹲踞汪洋一隅
土窯悶悶燒著島的焦灼和困頓
竟爾隆起那麼高的山脈
然沈默的範圍是海岸線
防風林伸出手臂攬住山風與白雲

臺灣是一艘彈痕累累的廣大興漁船
獨自在汪洋中揣度國際公約
也曾繞行與你無關的釣魚臺
追逐騰躍浪花的魚群
也被世界的浪潮推擠出局
槍林彈雨之後跌跌撞撞回到港灣
廣大興依然憤懣，海流卻早已平靜下來

船長室空了，下一位舵手是誰？

能否站在困頓而破碎的山頭望見

海平面上下七千公尺的波詭雲譎？

夜晚燈塔照見船隻和零星的寂寞

驛旅羈途輾轉夢見一頭抹香鯨

龐然浮出海面換一口氣

再潛到最深的潛意識裏

月色朦朧，可還能指認一座孤島的方向？

花東縱谷　攝於 2013 年

後記 |

沒人可以給你一塊島嶼

　　2014 年完稿後，我蜷在沙發上哭了整晚。一股巨大的能量在我體內撞擊著，只是沒有時機宣洩出來。壓倒我的那根稻草說來毫不相干，是一部吳寶春的紀錄電影。那是無數個月光下我孜孜矻矻在詩裏攀爬每一座山嶺、游走夢境的海邊，醒來跟做夢都在寫詩，總有隨意轉著遙控器放空腦袋的時候。說來這部電影其實很小品陽春，但無意間聽到電影裏的吳寶春說：「pan（麵包）就是我的靈魂」，我自動代換成「詩就是我的靈魂」時，竟然攪和著他贏得麵包大賽冠軍的情節我哭了。但哭得更慘的是，最後一幕場景在臺東大武山下稻田裏，響起了「大武山的媽媽」這首歌，讓我徹徹底底的決堤。

　　正是 3 年前的某一天，勾引我從廢墟裏爬出來這

226

首歌。倘時我剛從大學畢業，修習的是中文，輔修了一些英美文學的課。小時候我就立志當個作家，那兒童時候說起來毫不汗顏的志向，到了長大竟成我人生十字路口的黃燈。社會框架、身份地位、經濟能力無一不在丈量著我。彼時我尚未決定就業或念研究所，蹉跎了些歲月，原本的夢想磕磕碰碰成灰也放棄了什麼比較不比較文學。某天夜裏，遇到來自山裏的朋友，她說：「我帶你看看原住民的世界吧！」然後便輕輕唱起了歌。到現在耳邊響起同樣的旋律時我才知道，她是拿瀑布在給我灌頂哪！當然她並無意，是我的心靈乾渴了很久。我的搖滾樂、我的文學好像都不能拯救我。那是別人的靈魂、別人的嗑藥和手槍不是我自己的。那麼我的靈魂究竟在哪裏？我摸不著也聽不到她的聲音。

　　躊躇在先，但行動一刻也沒遲緩，畢業後先考進了研究所，但大部份時間留在花蓮，一邊參加祭典、社會運動、和文化紀錄的工作，先後從事了代理教師、劇場公關和數個文化專案。

　　我看到了山海在當代經濟建設裏的失衡，在颱風土石流裏囁嚅著痛楚；看到了瑰麗原鄉文化在公部門

的搶救和疲軟中喘成一條乾涸的砂婆礑溪。

　　我看到了歷史在這塊平原上留下的痕跡，而那些幾近被滅族的後代竟然活生生的在這裏呼吸，且神采熠熠找到自己。

　　我也遇到了一些流浪的人：獵人、吟遊詩人、藝術家、流亡作家、甚至我自己的家人，他們的故事動人可以寫成好幾本小說。

　　獵人阿鵬是我的好朋友。達耐動人的小靈魂在我25歲尋覓自己的時候殞落了，而我在找到方向後，遇到了長大後的達耐。阿鵬時常無私地與我分享他的山林經驗。25歲的他立志當獵人，住在祖先的山中獵寮。可是最近阿鵬告訴我，明年他要去臺北開公車。「賺比較多啦！」還有一個孩子要養的他，不可以自私地留在獵寮。我不禁想像多年以後，我再度遇到他會是在臺北的公車上，眼神不再煥發著光亮，我可能只認得他眼角的疤。於是我發現，在當代社會立志成為一位獵人，跟成為一個詩人同樣都是件難以啟齒的事，彷彿是個心中的小秘密，因為一說出口便要面對「獵人／詩人能當飯吃嗎」這樣的問題。

謝默斯・希尼（Seamus Heaney）說，詩是「雅緻、憂傷和微不足道的。」每一個半夜跫來的詩的跫音都讓我如是覺得。但我總以為，詩人、或是作家的文字份量、靈魂重量，要足以能夠改變世界——源自於我幼年時候的想望。長大後才發現，每一個詩人的焦慮都是他自己的，但是本質上，「詩人要對世界作出回答、對世界作出反應，這會使他成為一個負責任的詩人。」希尼為我作了最好的註釋：我們不用想像著改變世界，但是卻可以做一個對自己、對社會負責任的詩人。

　　寫作的這段時間，街頭運動、青年以及中產階級的鬱悶都在島嶼中悶燒著，與水柱激射成更襖熱的亞熱帶。我持續關注，繼續書寫，越寫越燒，並逐漸感受到這世界上沒有所謂「文學」這件事。文字成其為學問，是因為生活，是因為飢餓，是因為渴。肚子裏的渴，靈魂的渴。就如同阿爾代什峽谷中的壁畫，是上古人類歌頌飢餓的傑作，於是，一隻手塗馴鹿便成為了藝術；而關注鄉野間的死亡，把祭辭譜成九歌，就成為了經典。

　　關於詩的價值，以希尼舉羅伯特・弗斯特（Robert

Frost）對於詩的詮釋為例：「有那麼一刻，詩止住了混亂」。希尼說，「止住」意謂著某種障礙物，它只是片刻的，但絕不遜於留下一個位置，且為那一刻提供了某種秩序。

我不能止住某種偏見歧視、機械怪手挖山、或關於一樁開發案但是，要成為一位走在稜線上的獵人，和成為一位優秀的詩人是同樣困難。寫作和狩獵像把雙面刃，對內耗神、費事、曠日費時；對外缺乏經濟效益、市場與商機，這劍使得不好還會戳傷自己。不過，兩者有個共通點，那就是能止住人類世界某個時刻的混亂。獵人的囊中物，無法餵飽整個部落，但卻挽救了千百萬年人類的飢餓。我無法藉由寫作止住某種偏見歧視或一樁開發案，但是卻能留住一個民族的精神底蘊。

黃岡是祖父給我的名字，意在紀念 1949 年以前的故鄉。我出生的故鄉臺灣，則是祖父哽在喉中的一口膿痰，既黏稠，又像吐不出來的滿口鄉愁。我帶著這個充滿符旨的名字滿山遊走，迎接著我的年代、命運和寶島臺灣血濃於水。游走部落，從來不忘我所從何來，但我的民族臺灣更是我所珍視。不論哪個民族，

都在臺灣行舟，都行舟到臺灣。寫作餵養了我的精神。盼望以文字的重量撫慰一些靈魂，對於生者，是祝福和祈願；對於逝者，約莫就是哀悼與祭辭。

　　附錄中的參考書目是這本詩集的思想構成與養分來源。雖然書寫執念是自己的，但啟發我詩歌視野中的人文關懷與歷史情感卻是歷來學術社會以及人文研究者戮力鑽研的結果，使我不時能化身為田野筆記中的人物，感受他們站在懸崖邊的感受，撫觸他們被民族誌攝入的靈魂。這本詩集如果少了他們的靈魂就不會完成：撒韵・武茗、督固・撒耘、李秀蘭、帝瓦伊・撒耘、王佳涵、宋德讓、潘屋吉、阿蹦・阿松、田貴芳、達耐、阿道・巴辣夫・冉而山、梅道傑以及部落的孩子們，他們是我田野間的朋友、家人、報導人。

　　而越接觸臺灣原住民越讓我發現，對於島嶼深刻的情感並非蟄居時間的長短，無關乎血液、原不原生種的問題。「不是因為樹木的挺直強壯，而是因為土地有心」帝瓦伊・撒耘（Tiway・Sayion）如是說。這本詩集裏大部份書寫原住民經驗、環境經驗，但我認為某種對自然萬物、對普世大眾的靠近，是全人類共通的情感。沒人能給你一塊島嶼。某種程度上來說，每一個人都是失根的，除非愛他腳底下的土地。

參考書目

王佳涵。2010。《撒奇萊雅族裔揉雜交錯的認同想像》碩士論文。花蓮：國立東華大學族群關係與文化學系。

吳光亮。1966[1877—1878]。《吳光祿使閩奏稿選錄》。臺北：臺灣銀行。

吳明益。2012。《自然之心 —— 從自然書寫到生態批評 Book 1》。臺北：夏日。

吳明益。2012。《自然之心 —— 從自然書寫到生態批評 Book 3》。臺北：夏日。

吳翎君編。2008。《後山歷史與產業變遷》。花蓮：國立花蓮教育大學鄉土文化學系。

余德慧、李宗燁等著。2003。《生命史學》。臺北：心靈工坊。

貝嶺。2011。〈面對面的注視：與謝默斯・希尼的對話〉。《貝嶺詩選》。臺北：傾向。

李來旺（Tiway. Sayion）。2005。《阿美族群諺語》。臺北：德英國際。

李秀蘭、督固・撒耘編，徐成丸、陳玉蘭譯。2010。《妲娳的微笑》。花蓮：帝瓦伊撒耘文化藝術基金會。

李秀蘭、撒韵・武荖、黃芝雲主編。2012。《撒奇萊雅族祭辭》。花蓮：帝瓦伊撒耘文化藝術基金會。

郁永河。1977[1697]《臺灣竹枝詞》。臺北：臺灣省文獻委員會。

鳥居龍藏著，楊南郡譯。2012。《探險臺灣》。臺北：遠流。

郭明正。2008。《賽德克正名運動》。花蓮：國立東華大學原住民民族學院。

陳逸君。2002。《現代臺灣族群意識之建構：以噶瑪蘭族為例》。高雄：復文。

陳玉峰。1998。《土地的苦戀》。臺北：晨星。

陳光興。2011。《去帝國——亞洲作為方法》。臺北：行人。

陳俊男。2010。《撒奇萊雅族的社會文化與民族認定》博士論文。臺北：政治大學民族學系。

森丑之助著，楊南郡譯。2012。《生蕃行腳》。臺北：遠流。

黃逢昶。1977[1875]。《臺灣生熟番紀事》。臺北：臺灣省文獻委員會。

舞鶴。2011。《餘生》。臺北：麥田。

廖守臣、李景崇著。1998。《阿美族歷史》。臺北：師大書苑。

劉紀蕙。2011。《心的變異：現代性的精神形式》。臺北：麥田。

潘繼道。2006。《國家、區域與族群——臺灣後山奇萊地區原住民族群歷史變遷之研究（1874—1945）》博士論文。臺北：師範大學歷史學系。

撒韵・武荖。2014。《撒奇萊雅族的精神——族群認同與文化實踐》碩士論文。花蓮：國立東華大學族群關係與文化學系。

羅大春。1972[1874—1875]。《臺灣海防並開山日記》。臺北：臺灣省文獻委員會。

Abbey, Edward 著，唐勤譯。2000。《沙漠隱士》（*Desert Solitaire:A Season in The Wilderness*）。臺北：天下文化。

Benjamin, Walter 著，張旭東、王班譯。2012。《啟迪：本雅明文選》（*Illumination: Essays and Reflections*）。北京：新知三聯書店。

Cresswell, Tim 著，王志弘、徐苔玲譯，2006，《地方：記憶、想像與認同》（*Place: A Short Introduction*）。臺北：群學。

Foucault,Michel 著，王德威譯。2001。《知識的考掘》（*L'archeologie Du Savoir*）。臺北：麥田。

Halbwachs, Maurice 著，畢然、郭金華譯。1992。《論集體記憶》（*On Collective Memory*）。上海：上海人民出版社。

Harold R. Issacs 著，鄧伯宸譯。2009。《族群》（*Idol of the Tribe*）。臺北：立緒。

Hobsbawm, Eric 等著，陳思仁譯。2002。《被發明的傳統》（*The Invention of Tradition*）。臺北：貓頭鷹。

Kottak, Conrad 著，徐雨村譯。2011。《文化人類學》（*Cultural Anthropology*）。臺北：巨流圖書。

Leopold, Aldo 著、吳美真譯。2002《沙郡年記》（*A Sand County Almanac*）。臺北：天下文化。

Foucault, Michel 1984. "*Nietzsche, Genealogy, History,*" in Paul Rabinow, ed. *The Foucault Reader*, pp. 76-100. New York: Random House.

Foucault, Michel 1986 '*Of Other Spaces*', trans. Jay Miskoviec, Diacritics, vol. 16, no. 1, pp. 22-27.

二魚文化　文學花園　C120

是誰把部落切成兩半？

作　　者　黃　岡
責任編輯　廖桂寧
美術設計　費得貞
讀者服務　詹淑真

出 版 者　二魚文化事業有限公司
　　　　　地址　106 臺北市大安區和平東路一段 121 號 3 樓之 2
　　　　　網址　www.2-fishes.com
　　　　　電話　(02)23515288
　　　　　傳真　(02)23518061
　　　　　郵政劃撥帳號　19625599
　　　　　劃撥戶名　二魚文化事業有限公司
法律顧問　林鈺雄律師事務所

總 經 銷　大和書報圖書股份有限公司
　　　　　電話　(02)89902588
　　　　　傳真　(02)22901658

製版印刷　彩峰造藝印像股份有限公司
初版一刷　二〇一四年十月
I S B N　978-986-5813-41-3
定　　價　二四〇元

國家圖書館出版品預行編目(CIP)資料

是誰把部落切成兩半? / 黃岡著. -- 初
版. -- 臺北市：二魚文化, 2014.09
　　面；　公分. -- (文學花園；C120)
ISBN 978-986-5813-41-3(平裝)

863.851　　　　　　　　103018217

國｜藝｜會
NCAF
本作品由財團法人國家文化藝術基金會贊助創作
本作品獲第一屆楊牧文學獎

二魚文化　讀者回函卡　　讀者服務專線：（02）23515288

感謝您購買此書，為了更貼近讀者的需求，出版您想閱讀的書籍，請撥冗填寫回函卡，二魚將不定時提供您最新出版訊息、優惠活動通知。
若有寶貴的建議，也歡迎您 e-mail 至 2fishes@2-fishes.com，我們會更加努力，謝謝！

姓名：_____ 性別：□男 □女 職業：_____

出生日期：西元 _____ 年 ___ 月 ___ 日 E-mail：_____

地址：□□□□□ _____ 縣市 _____ 鄉鎮市區 _____ 路街 _____ 段
_____ 巷 _____ 弄 _____ 號 _____ 樓

電話：(市內) _____ (手機) _____

1. 您從哪裡得知本書的訊息？
□逛書店時
□逛便利商店時
□上量販店時
□朋友強力推薦
□網路書店（站名：_____）

□看報紙（報名：_____）
□聽廣播（電臺：_____）
□看電視（節目：_____）
□其他地方，是 _____

2. 您在哪裡買到這本書？
□書店，哪一家 _____
□量販店，哪一家 _____
□便利商店，哪一家 _____

□網路書店，哪一家 _____
□其他 _____

3. 您買這本書時，有沒有折扣或是減價？
□有，折扣或是買的價格是 _____
□沒有

4. 這本書哪些地方吸引您？（可複選）
□內容剛好是您需要的
□價格便宜
□是您喜歡的作者

□封面設計很漂亮
□內頁排版閱讀舒適
□您是二魚的忠實讀者

5. 哪些主題是您感興趣的？（可複選）
□新詩 □散文 □小說 □商業理財 □藝術設計 □人文史地 □社會科學
□自然科普 □醫療保健 □心靈勵志 □飲食 □生活風格 □旅遊 □宗教命理 □親子教養
□其他主題，如：_____

6. 對於本書，您希望哪些地方再加強？或其他寶貴意見？

_____

_____

106 臺北市大安區和平東路一段 121 號 3 樓之 2

二魚文化事業有限公司 收

請沿線剪下後，對折以膠帶黏貼，免貼郵票，直接投入郵筒寄回！

文學花園系列

| C120 | 是誰把部落切成兩半？ |

●姓名

●地址

一漁文化